O ESTREITO CAMINHO
~ ENTRE ~
DESEJOS

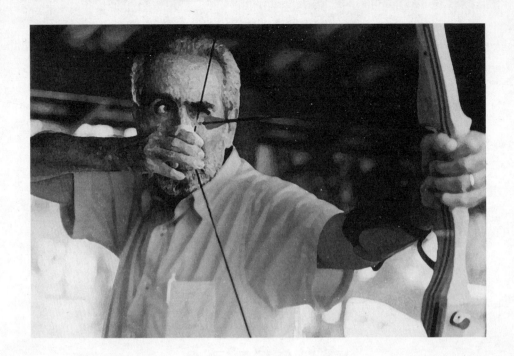

O Arqueiro

GERALDO JORDÃO PEREIRA (1938-2008) começou sua carreira aos 17 anos, quando foi trabalhar com seu pai, o célebre editor José Olympio, publicando obras marcantes como *O menino do dedo verde*, de Maurice Druon, e *Minha vida*, de Charles Chaplin.

Em 1976, fundou a Editora Salamandra com o propósito de formar uma nova geração de leitores e acabou criando um dos catálogos infantis mais premiados do Brasil. Em 1992, fugindo de sua linha editorial, lançou *Muitas vidas, muitos mestres*, de Brian Weiss, livro que deu origem à Editora Sextante.

Fã de histórias de suspense, Geraldo descobriu *O Código Da Vinci* antes mesmo de ele ser lançado nos Estados Unidos. A aposta em ficção, que não era o foco da Sextante, foi certeira: o título se transformou em um dos maiores fenômenos editoriais de todos os tempos.

Mas não foi só aos livros que se dedicou. Com seu desejo de ajudar o próximo, Geraldo desenvolveu diversos projetos sociais que se tornaram sua grande paixão.

Com a missão de publicar histórias empolgantes, tornar os livros cada vez mais acessíveis e despertar o amor pela leitura, a Editora Arqueiro é uma homenagem a esta figura extraordinária, capaz de enxergar mais além, mirar nas coisas verdadeiramente importantes e não perder o idealismo e a esperança diante dos desafios e contratempos da vida.

Patrick Rothfuss

O ESTREITO CAMINHO ~ ENTRE ~ DESEJOS

Ilustrado por Nate Taylor

ARQUEIRO

Título original: *The Narrow Road Between Desires*
Copyright © 2023 por Patrick Rothfuss
Copyright das ilustrações de miolo © 2023 por Nate Taylor
Copyright da tradução © 2024 por Editora Arqueiro Ltda.

Todos os direitos reservados. Nenhuma parte deste livro pode ser utilizada ou reproduzida sob quaisquer meios existentes sem autorização por escrito dos editores.

coordenação editorial: Gabriel Machado
produção editorial: Guilherme Bernardo
tradução: Lenita Maria Rimoli Pisetta
preparo de originais: Victor Almeida
revisão: Pedro Staite e Thiago Braz
diagramação: Gustavo Cardozo
capa: Rachael Lancaster | Orion Books
imagem de capa: Nate Taylor
adaptação de capa: Ana Paula Daudt Brandão
impressão e acabamento: Associação Religiosa Imprensa da Fé

CIP-BRASIL. CATALOGAÇÃO NA PUBLICAÇÃO
SINDICATO NACIONAL DOS EDITORES DE LIVROS, RJ

R755e

Rothfuss, Patrick, 1973-
    O estreito caminho entre desejos / Patrick Rothfuss ; ilustração Nate Taylor ; [tradução Lenita Maria Rimoli Pisetta]. - 1. ed. - São Paulo : Arqueiro, 2024.
    192 p. : il. ; 23 cm.

    Tradução de: The narrow road between desires
    ISBN 978-65-5565-609-1

    1. Ficção americana. I. Taylor, Nate. II. Pisetta, Lenita Maria Rimoli. III. Título.

23-87597   CDD: 813
                            CDU: 82-3(73)

Gabriela Faray Ferreira Lopes - Bibliotecária - CRB-7/6643

Todos os direitos reservados, no Brasil, por
Editora Arqueiro Ltda.
Rua Artur de Azevedo, 1.767 – Conj. 177 – Pinheiros
05404-014 – São Paulo – SP
Tel.: (11) 2894-4987
E-mail: atendimento@editoraarqueiro.com.br
www.editoraarqueiro.com.br

Para meus queridos meninos, Oot e Cutie.

Minhas histórias favoritas são aquelas que contamos uns para os outros. Vocês são a melhor parte da minha vida e merecem um pai perfeito, mas fico feliz que tenham a mim.

– Pat

Para Grace, que me mostra como ser corajoso e me faz lembrar da magia das coisas comuns.

– Nate

PREFÁCIO

Talvez você não queira comprar este livro.

Eu sei, esse não é o tipo de coisa que se espera que um autor escreva. Mas prefiro ser sincero desde o início.

Em primeiro lugar, se você não leu meus outros livros, provavelmente não desejará começar por aqui.

Meus dois primeiros livros são *O nome do vento* e *O temor do sábio*. Se estiver curioso sobre meus escritos, comece por eles, que são a melhor apresentação de minhas palavras e meu mundo. Este livro é sobre Bast, um personagem daquela série. E, embora eu tenha feito o possível para garantir que esta história seja autossuficiente, você estará perdendo grande parte do contexto se começar por aqui.

Em segundo lugar, se *conhece* minhas obras, você deve saber que uma versão desta história já foi publicada. Há muito, muito tempo... Lá atrás, há pouco menos de dez anos, antes da Covid, quando o Twitter era divertido e o mundo era verde e novo.

Eu publiquei uma versão desta história com o título "A árvore do raio"* em uma antologia denominada *O príncipe de Westeros e outras histórias*. Falarei um pouco mais sobre isso no posfácio deste livro, mas basta dizer que a versão que você

---

* Chamada anteriormente de "A árvore reluzente". (N. E.)

tem em mãos é extremamente diferente: eu a reescrevi de forma obsessiva, adicionei mais de quinze mil palavras e trabalhei com o fabuloso Nate Taylor para acrescentar mais de quarenta ilustrações.

Dito isso, se você leu "A árvore do raio" naquela época, conhece o formato desta história. Há muita coisa diferente, muita coisa que mudou e foi acrescentada, mas o esqueleto é o mesmo. Assim, se estiver buscando algo *completamente novo*, você não vai encontrá-lo aqui.

Por outro lado, se quiser saber mais sobre Bast, este livro tem muito a oferecer. Se tiver curiosidade sobre barganhas com fadas e desejos secretos que os corações podem guardar. Se tiver curiosidade sobre magias apenas vislumbradas em meus outros livros. Se quiser saber mais sobre o que Bast faz em seu tempo livre na cidadezinha de Nalgures…

Bem, nesse caso, este livro pode ser para você.

– Patrick Rothfuss

AURORA: COISA DE ARTISTA

Bast quase conseguiu sair pela porta dos fundos da Pousada Marco do Percurso.

Tecnicamente, ele *tinha* saído. Os dois pés haviam ultrapassado a soleira e só faltava um rangido para a porta se fechar.

Então ele ouviu a voz de seu mestre e ficou imóvel. Sabia que não tinha sido notado. Conhecia muito bem cada ruído sutil que a pousada era capaz de fazer. Seu conhecimento ia além de simples truques que uma criança acharia inteligentes – como segurar os sapatos nas mãos, deixar portas rangedoras abertas com antecedência, abafar os passos pisando em um tapete...

Não. Bast era melhor que isso. Ele era capaz de atravessar um cômodo praticamente sem mover o ar. Sabia quais degraus gemiam quando havia chovido na noite anterior, quais janelas se abriam com facilidade e quais venezianas impediam o vento. Sabia que fazer um desvio por fora, passando pelo telhado, provocaria menos ruído do que atravessar o corredor de cima.

Isso seria suficiente para algumas pessoas. Mas, nas raras ocasiões em que se importava com isso, Bast achava que o sucesso não tinha a menor graça. Que os outros se acomodassem com a simples excelência. Bast era um artista.

Por causa disso, ele sabia que o verdadeiro silêncio não era natural. Para ouvidos cuidadosos, o silêncio soava como uma faca no escuro.

Assim, enquanto Bast se deslocava pela hospedaria desocupada, tocava as tábuas do assoalho como se fossem um instrumento. Um suspiro, uma pausa, um clique, um rangido. Sons que poderiam despertar um hóspede. Mas para alguém que morava ali... não eram nada. Eram *menos* que nada. Eram o som reconfortante de pesados ossos de madeira se acomodando devagar na terra, fácil de ignorar, como um amante habitual se mexendo ao seu lado na cama.

Sabendo de tudo isso, Bast olhou para a porta. Ele mantinha as brilhantes dobradiças de latão lubrificadas. Mesmo assim, segurou a porta de outro jeito e a levantou para reduzir um pouco o peso dela sobre as dobradiças. Foi só nesse momento que cuidadosamente a soltou e fechou. Uma traça faria mais barulho.

Bast se postou altivo e sorriu, com uma expressão doce, marota e indômita. Naquele momento, ele se parecia menos com um rapaz confiante e mais com um menino travesso que havia roubado a lua e planejava comê-la como um bolo fino e prateado.

Seu sorriso era como uma lua crescente – aguçado, branco e perigoso.

– Bast! – A voz veio da pousada de novo, mais alta desta vez.

Nada tão grosseiro como um grito. Seu mestre não gritava, não era um fazendeiro chamando as vacas. No entanto, sua voz era capaz de reverberar como uma trompa de caça. Bast a sentiu como uma mão que puxava seu coração.

Bast suspirou, abriu a porta e entrou decidido. Ele andava como quem dança. Era moreno, alto e belo. Mesmo fazendo uma carranca, seu rosto era mais doce do que o de outras pessoas sorrindo.

– Pois não, Reshi? – respondeu ele com uma voz límpida.

Após um momento, o hospedeiro entrou na cozinha. Tinha cabelo ruivo e vestia um avental branco e limpo. Seu rosto exibia a expressão de impassível serenidade dos hospedeiros entediados de todos os lugares. Apesar de ser bem cedo, ele parecia cansado.

Ele entregou um livro com capa de couro a Bast.

– Você quase se esqueceu disto – disse ele, sem nenhum ar de sarcasmo.

Bast fez questão de parecer surpreso.

– Ah, obrigado, Reshi.

– Não tem de quê, Bast.

A boca do hospedeiro ensaiou um sorriso.

– Aproveitando que vai sair, poderia trazer uns ovos?

Bast assentiu, enfiando o livro debaixo do braço.

– Mais alguma coisa? – perguntou ele.

– Que tal umas cenouras também? Acho que faremos um cozido esta noite. É o dia-da-sega, então precisamos nos preparar para receber uma multidão.

Um canto de sua boca se ergueu ligeiramente enquanto ele dizia isso.

– Ovos e cenouras – repetiu Bast, compenetrado.

O hospedeiro ia se afastar, mas parou.

– Ah, o menino Tilman passou por aqui ontem procurando você.

Bast inclinou a cabeça, com uma expressão intrigada.

– Talvez seja o filho do Jessom? – continuou o hospedeiro, erguendo a mão até a altura do peito para indicar o tamanho. – Cabelo escuro? O nome era…

Ele parou de falar, semicerrando os olhos e tentando recordar.

– Rike – disse Bast, soltando o nome como se fosse um pedaço de ferro quente. Em seguida, continuou falando depressa, esperando que seu mestre não percebesse: – Os Tilman são os lenhadores mais ao sul da cidade. Não têm esposas nem filhos. Seria Rike Williams? Olhos escuros, meio maltrapilho?

Bast pensou mais um pouco, tentando achar outro jeito de descrever o menino.

– Provavelmente parecia nervoso, como se quisesse garantir que não roubou nada?

Esse último dado provocou um brilho de reconhecimento no rosto do hospedeiro, e ele concordou com a cabeça.

– Ele disse que estava procurando por você, mas não deixou recado.

Ele ergueu uma sobrancelha e olhou para Bast. O olhar dizia mais do que as palavras.

– Não tenho a menor ideia do que ele quer – comentou Bast, parecendo sincero.

E estava mesmo sendo sincero. Melhor que ninguém, Bast sabia o valor *disso*. Nem tudo o que reluzia era ouro, e algumas vezes compensava parecer aquilo que realmente era.

Concordando, o hospedeiro soltou um grunhido indiferente e voltou para o salão. Se ele disse mais alguma coisa, Bast não ouviu. Já estava correndo lépido pela grama orvalhada à surpreendente luz azul-cinzenta da aurora.

MANHÃZINHA: EMBRIL

Quando Bast chegou, o sol despontava sobre as árvores, pintando as poucas e tênues nuvens com tons pálidos de rosa e violeta.

Duas crianças o aguardavam na clareira. Mantinham uma distância respeitosa do topo da colina, brincando sobre a enorme pedra cinzenta que jazia meio caída no sopé, subindo pela lateral e, em seguida, pulando para pousarem às gargalhadas na grama alta.

Ciente de que estavam olhando, Bast não se apressou para subir a minúscula colina. No topo estava o que as crianças chamavam de "árvore do raio", embora naqueles dias tudo o que se via era um tronco largo, quebrado e sem galhos. A árvore original devia ter sido enorme, tanto que o que restava dela era tão alto que Bast mal conseguia alcançar o topo.

A casca já se desprendera muito tempo antes, e anos de sol

haviam descolorido a madeira nua, tornando-a branca como osso, com exceção de seu topo irregular. Ali, mesmo após tantos anos, a madeira era de um negro profundo e áspero. Descendo pelo que sobrara da árvore, o raio havia marcado no tronco branco uma imagem de si mesmo – violenta, escura e ramificada –, como se para assinar sua obra.

Bast estendeu a mão esquerda e tocou o tronco liso com a ponta dos dedos enquanto circulava a árvore. Ele a contornou no sentido anti-horário, de costas para o mundo. Na direção do rompimento. Três vezes.

Depois trocou de mão e caminhou no sentido contrário, na mesma direção em que o sol se movia. Três lentos círculos no sentido horário. O jeito certo de fazer. Assim ele procedeu enquanto as crianças observavam, numa direção e na outra, como se a árvore fosse um carretel que ele enrolava e desenrolava.

Por fim, Bast se sentou e apoiou as costas no tronco. Colocou o livro sobre uma pedra próxima, o sol nascente brilhando em vermelho contra o dourado das letras gravadas na capa: *Celum Tinture*. Em seguida, ele se distraiu atirando pedrinhas no riacho que cortava abruptamente a encosta da colina do lado oposto à pedra cinzenta.

Depois de um minuto, uma menina loura de cara redonda foi subindo a colina com esforço. Era Brann, a filha mais nova do padeiro. Ela cheirava a suor, pão e… alguma outra coisa. Alguma coisa que estava fora de lugar.

A lenta aproximação da menina tinha ares de ritual. Ela alcançou o topo da colinazinha e ficou lá por um instante. O único ruído vinha das crianças lá embaixo, que haviam retomado a brincadeira.

Então, Bast virou a cabeça e examinou a menina. Com pouco mais de nove anos, ela era ligeiramente mais bem-vestida e alimentada que a maioria das outras crianças da cidade. Trazia um pedaço de pano branco na mão.

A menina avançou, engolindo em seco, nervosa.

– Preciso de uma mentira.

Bast assentiu, impassível.

– De que tipo?

Brann abriu a mão devagar, revelando uma nódoa vermelha no pano branco, que se prendia de leve à mão dela, como um curativo improvisado. Bast acenou com a cabeça, percebendo de onde vinha o cheiro que sentira antes.

– Eu estava brincando com as facas da minha mãe – disse Brann, envergonhada.

Bast estendeu a mão e a menina se aproximou. Ele desenrolou o pano com seus dedos longos e examinou o corte. Ele se estendia pela carne, perto do polegar. Não era tão fundo.

– Dói muito?

– Não dói nada perto da surra de vara que vou levar se minha mãe descobrir que eu estava mexendo nas facas dela – murmurou Brann.

Bast ergueu os olhos para ela.

– Você limpou a faca e a pôs de volta no lugar?

Brann fez que sim com a cabeça.

Bast tocou os lábios com os dedos, pensativo.

– Você achou que tinha visto uma ratazana preta enorme e ficou com medo. Jogou a faca nela e se cortou. Ontem uma das outras crianças lhe contou uma história sobre as ratazanas devorando as orelhas e os dedos dos pés dos soldados enquanto eles dormiam. Você teve pesadelos.

Brann estremeceu.

– Quem me contou a história?

Bast deu de ombros.

– Escolha alguém de quem você não gosta.

A menina abriu um sorriso malicioso.

Bast começou a enumerar coisas nos dedos.

– Coloque um pouco de sangue fresco na faca antes de jogá-la – disse ele, apontando para o pano com o qual a menina havia enrolado a mão: – Livre-se disso também. O sangue está seco, está na cara que é antigo. Você consegue improvisar um bom grito?

A menina parecia um pouco acanhada e balançou a cabeça.

– Coloque um pouco de sal nos olhos – disse Bast, como se falasse a coisa mais normal do mundo. – Ou enfie um pouco de pimenta no nariz. Fique bem ranhosa, com os olhos lacrimejando, antes de ir correndo até eles. Tente *não* chorar. Não fungue. Não pisque. Quando perguntarem sobre sua mão, diga que está triste porque estragou a faca.

Brann ouviu com atenção, primeiro concordando com a cabeça lentamente, depois mais rápido. Ela sorriu.

– Esse plano é bom! – disse ela, olhando ao redor, nervosa. – Quanto estou devendo?

– Você sabe algum segredo?

A filha do padeiro pensou por um minuto.

– A viúva Creel está transando com o marido da moleira – respondeu ela, esperançosa.

Bast abanou a mão, como se espantasse uma mosca.

– Faz anos. Isso não é segredo. Todo mundo sabe, inclusive a moleira – completou ele, coçando o nariz. – O que você tem nos bolsos?

A menina enfiou no bolso a mão que não estava machucada e a estendeu, exibindo um barbante emaranhado, duas anilhas de metal, uma pedra verde achatada, um botão azul e o crânio de um passarinho.

Bast apanhou o barbante. Depois, tomando cuidado para não tocar as anilhas, pegou a pedra verde em meio às outras coisas. Era achatada e irregular e tinha o rosto de uma mulher adormecida entalhado nela.

– Isto é um embril? – perguntou ele, surpreso.

Brann deu de ombros.

– Pra mim, parece uma peça de um Conjunto Telgim. Serve para ler a sorte.

Bast ergueu a pedra na direção da luz.

– Onde a conseguiu?

– Eu troquei com o Rike – respondeu Brann. – Ele disse que era um ordálio, mas... ele só...

Quando ouviu o nome do menino, Bast franziu o cenho e sua boca se transformou numa linha fina.

Percebendo seu erro tarde demais, Brann ficou paralisada. A menina olhou em volta, aflita.

– Eu... – murmurou ela e, em seguida, umedeceu os lábios. – Você perguntou...

Com uma expressão amarga no rosto, Bast olhou para a pedra como se ela tivesse começado a cheirar mal. Por um momento, pensou em jogá-la no rio, por puro despeito.

Depois, pensando melhor, jogou a pedra no ar como se fosse uma moeda. Apanhando-a em seguida, abriu a mão e revelou o outro lado da pedra. Nessa face, os olhos da mulher entalhada estavam abertos e ela sorria.

Bast esfregou a pedra com os dedos, pensativo.

– Vou ficar com isto. E um pão doce todos os dias durante um bom tempo.

– Esse emerel, ou seja lá o que for – disse Brann –, *e* o barbante que você pegou. E vou trazer um pãozinho doce mais tarde ainda hoje, recém-tirado do forno.

A expressão de Brann era firme, mas a voz ficou mais aguda no final.

– Dois pãezinhos – replicou Bast. – Contanto que sejam recheados com geleia, e não melado.

Após um momento de hesitação, a menina concordou.

– E se eu levar a surra de vara mesmo assim? – perguntou ela.

– Problema seu – respondeu Bast, dando de ombros. – Você queria uma mentira. Eu ofereci uma muito boa. Quer que eu tire você da encrenca pessoalmente? Esse seria outro trato, muito diferente.

A filha do padeiro parecia um pouco decepcionada, mas se virou e foi descendo a colina.

O próximo a subir foi um dos meninos dos Alard. Havia um bando deles, compondo várias famílias, que constantemente se misturavam e se fundiam. Todos eram tão parecidos que Bast tinha dificuldade em lembrar quem era quem.

Esse parecia tão furioso quanto somente um menino de dez anos podia estar. Vestia uma roupa humilde e meio esfarrapada e tinha um corte no lábio e uma mancha de sangue em torno de uma narina.

– Peguei meu irmão beijando a Grett atrás do moinho velho – disse o menino assim que chegou ao topo da colina, sem esperar que Bast perguntasse. – Ele sabia que eu gostava dela.

Bast abriu os braços e olhou ao redor, impotente, e deu de ombros.

– Vingança – desembuchou o menino.

– Vingança pública? – perguntou Bast. – Ou vingança secreta?

O menino passou a língua no lábio cortado.

– Vingança secreta – disse ele em voz baixa.

Alguma coisa no gesto dele estimulou a memória de Bast. Aquele era Kale. Certa vez, ele oferecera duas rãs para Bast se ele conseguisse "uma maldição que fizesse a pessoa soltar pum para sempre". As negociações ficaram acaloradas antes de caírem por terra. O menino era lento como uma tartaruga, mas Bast tinha certa admiração relutante por ele.

– Qual o tamanho dessa vingança? – indagou Bast.

O menino pensou um pouco, depois estendeu as mãos com um espaço de meio metro entre elas.

– Desse tamanho.

– Humm – murmurou Bast. – Quanto em uma escala de rato até touro?

O menino coçou o nariz.

– Uma vingança que vale um gato – respondeu ele. – Talvez um cachorro. Mas não um cachorro como os do Martin Maluco. Como os cachorros dos Benton.

Bast inclinou a cabeça para trás com uma expressão pensativa.

– Ok – disse ele. – Faça xixi nos sapatos dele.

O menino não parecia convencido.

– Não parece uma vingança que vale um cachorro inteiro.

Bast fez um gesto para que ele se acalmasse, usando a mão que segurava a pedra verde.

– Você faz xixi numa caneca e a esconde. Deixe descansar por um ou dois dias. Depois, uma noite, quando ele tiver colocado os sapatos perto do fogo, derrame o xixi nos sapatos dele. Não faça uma poça, apenas deixe os sapatos um pouco úmidos. De manhã eles estarão secos e provavelmente nem cheirem.

– Então de que adianta? – explodiu Kale, agitando as mãos no ar. – Essa vingança não vale nem uma pulga!

Como se o menino não tivesse falado nada, Bast continuou:

– Faça isso por três noites. Não seja pego. Não exagere. Só deixe os sapatos um pouco úmidos para que estejam secos de manhã.

Bast levantou a mão antes que Kale pudesse interromper.

– Depois disso, toda vez que os pés dele estiverem suados, ele vai começar a feder um pouquinho a xixi – completou Bast observando o rosto de Kale enquanto prosseguia. – Se pisar numa poça, vai ficar com cheiro de xixi. Se o orvalho da manhã deixar os pés dele úmidos, vai feder um pouco também.

– Só um pouco? – perguntou Kale, intrigado.

Bast deu um suspiro sonoro, meio exagerado.

– Desse jeito, será difícil ele perceber e descobrir de onde vem o cheiro. E, como é só um pouquinho, ele vai se costumar.

O menino ficou pensativo.

– E você sabe como xixi velho fede cada vez mais? Ele vai se acostumar com o cheiro, mas as outras pessoas não. – Bast sorriu para o menino. – Acho que a Grett não vai querer beijar um cara que se urina o tempo todo.

A admiração se espalhou no rosto do menino como o nascer do sol.

– Essa é a coisa mais maldosa que já ouvi.

Bast tentou parecer modesto, mas não conseguiu.

– Você tem alguma coisa pra mim?

– Achei uma colmeia selvagem – respondeu o menino.

– Serve para começo de conversa – disse Bast. – Onde?

– Fica depois da propriedade dos Orrison. Depois do Riopequeno.

O menino se agachou e, com apenas alguns traços, desenhou um mapa surpreendentemente exato na terra.

– Está vendo?

Bast assentiu.

– Mais alguma coisa?

– Bem... – disse o menino, hesitante, olhando para cima e para o lado. – Eu sei onde o Martin Maluco mantém a destilaria dele.

Bast ergueu as sobrancelhas.

– É mesmo?

O menino deu um passo para o lado, se ajoelhou e fez outro mapa ao lado do primeiro, desenhando quase distraidamente enquanto falava.

– Você atravessa esse trecho do rio duas vezes – disse ele. – Daí vai achar que deve contornar o rochedo, porque dá a impressão de que ele é intransponível. Mas tem uma trilhazinha que não dá pra ver – completou, riscando outra linha na terra e erguendo os olhos contra o sol na direção de Bast. – Estamos quites?

Bast estudou o mapa, depois passou a mão sobre ele rapidamente, apagando as linhas.

– Estamos quites.

– Ah, eu tenho um recado pra você – disse o menino, levantando-se e limpando a terra do joelho. – Rike quer falar com você.

A boca de Bast se transformou numa linha fina e incolor.

– Rike conhece as regras – respondeu Bast numa voz soturna. Apenas pronunciar aquele nome causava nele a sensação de ter um anzol entalado na garganta. – Diga que não.

– Eu já disse – respondeu Kale, dando de ombros, num movimento exagerado. – Mas vou dizer de novo se o encontrar...

<hr />

Depois disso, Bast enfiou o *Celum Tinture* debaixo do braço e saiu sem destino. Encontrou framboesas selvagens e as comeu. Pulou uma cerca para beber do poço dos Ostlar e fazer carinho no cachorro deles. Encontrou um galho interessante e o usou para cutucar todas as coisas – até atingir um vespeiro que não estava tão desabitado quanto imaginava. Na corrida para fugir, perdeu o galho, escorregou numa pedra solta e abriu um rasgo nas calças na altura do joelho.

Por fim, Bast escalou uma falésia onde um velho azevinho retorcido se espraiava contra o céu. Depositou com cuidado o livro com capa de couro entre o tronco e um galho e depois enfiou a mão num buraco do tronco oco. Após um momento, retirou um pequeno embrulho escuro que cabia na palma de sua mão.

O embrulho era um saco de couro escuro e macio. Ele afrouxou o cordão e jogou lá dentro o embril liso e verde, que produziu um clique abafado, como quando bolinhas de gude se chocam.

Estava prestes a devolver o saco para o tronco, mas parou, pensativo, antes de se sentar no chão com as pernas cruzadas. Afastou folhas e gravetos, colocou a mão dentro do saco e o chacoalhou distraidamente. Aquilo produziu um som estranho e complexo de madeira, pedra e metal se chocando uns contra os outros.

Bast fechou os olhos, prendeu a respiração, depois retirou a mão do saco e jogou o conteúdo no ar.

Abrindo os olhos, observou quatro embris caindo. Três deles formaram uma espécie de triângulo: um pedaço de chifre claro entalhado com uma lua crescente, um disco de argila com uma onda estilizada e um pedaço de azulejo com a pintura de um flautista dançando. Fora do triângulo estava algo que parecia a metade de uma moeda de ferro, mas não era.

Bast olhou para o conjunto que se formara no chão, franzindo ligeiramente a testa. Depois fechou os olhos de novo, prendeu a respiração antes de apanhar mais um objeto, que também jogou no ar. Ele caiu entre o embril de chifre e o de argila, um pedaço de madeira branca com um fuso de fiar entalhado, de modo que o veio da madeira dava a impressão de ser um fio enrolado.

Bast franziu o cenho. Olhou para o céu, azul e límpido. Não havia muito vento. Estava cálido, não quente demais. Não chovera por vários dias. Algumas horas antes do meio-dia no dia-da-sega. Não era dia de comércio...

Movendo a cabeça num sinal afirmativo, colocou as peças no saco de novo. Descendo pela propriedade do velho Lant, passou pelos espinheiros que delimitavam o sítio dos Alard até atingir um trecho pantanoso do Riopequeno, onde cortou um punhado de juncos com uma faquinha reluzente. Encontrou no bolso um pedaço de barbante e rapidamente juntou e amarrou os juncos formando uma bela flauta de Pã.

Ele soprou nos juncos e inclinou a cabeça ao ouvir aquela doce desafinação. Sua faquinha trabalhou mais um pouco e ele testou os juncos mais uma vez. Dessa vez o som saiu mais normal, tornando a desafinação mais estridente. Havia ali uma lição a aprender.

A lâmina foi cortando. Uma, duas, três vezes. Sem se preocupar em testar o instrumento de novo, Bast jogou a faca de lado. Examinou a lateral do dedo, onde a faca o havia ferido de leve, deixando uma linha tão fina que seria possível pensar que o corte fora feito por uma folha de capim. Então o sangue brotou, vermelho berrante como papoula.

Bast colocou o dedo na boca, depois trouxe a flauta de Pã até o rosto e inspirou profundamente, sentindo o verde úmido dos juncos. Ele lambeu os lábios e o topo recém-cortado dos juncos. Sua língua reluziu de repente com um vermelho muito vivo, chocante.

Depois ele encheu o peito de ar e soprou nos juncos. Dessa vez o som se fez brilhante como o luar. Vivo como um peixe saltitante. Doce como uma fruta roubada. Afastando a flauta dos lábios, Bast ouviu o balido monótono e baixo das ovelhas ao longe.

Chegando ao topo da colina, ele viu umas vinte ovelhas gordas e idiotas pastando no vale lá embaixo. O ponto onde estava era isolado e coberto por sombras. As encostas íngremes da colina impediam que as ovelhas se desgarrassem. Até o cão pastor se encontrava esparramado sobre uma pedra morna, cochilando.

Um rapaz estava sentado embaixo de um olmo frondoso que se debruçava sobre o vale, seu longo cajado encostado na árvore. Ele havia tirado os calçados e seu chapéu lhe cobria os olhos. Vestia calças verdes largas e uma camisa amarela berrante que combinava bem com a pele bronzeada do rosto e dos braços. Seu cabelo longo e espesso era da cor de trigo maduro.

Bast começou a tocar e foi descendo a colina. Uma melodia perigosa, baixa, lenta e dissimulada, como uma brisa leve.

O pastor se agitou ao ouvir o som da flauta. Ergueu a cabeça, animado... mas não. Ao que parecia, outro som lhe chamara a atenção, pois ele não olhava na direção de Bast.

Apesar disso, pôs-se de pé. Não estava particularmente quente, mas ele se abanou com o chapéu, depois tirou a camisa amarela, usando-a para secar a fronte antes de pendurá-la num galho próximo. Em seguida, espreguiçou-se, com as mãos entrelaçadas sobre a cabeça enquanto os músculos dos ombros e das costas empurravam uns aos outros.

A melodia de Bast mudou um pouco, tornando-se clara e leve como a água que corre sobre as pedras.

O cão levantou a cabeça quando ouviu o som e encarou Bast por um momento. No entanto, deitou-se na pedra de novo logo em seguida, completamente desinteressado.

O pastor não dava indicação de poder ouvir a melodia. Ele apanhou um cobertor e o estendeu sob a árvore – o que foi um pouco estranho, pois ele estivera sentado no mesmo lugar antes sem o cobertor. Talvez tivesse ficado com frio, agora que havia tirado a camisa... Sim, devia ser isso.

Bast continuou a tocar enquanto descia a encosta. A música que produzia era ao mesmo tempo doce, lúdica e lânguida.

Sentando-se no cobertor, o pastor se recostou e balançou levemente a cabeça. Seu cabelo longo da cor do mel caiu de seus ombros, expondo o belo perfil do pescoço, desde a orelha perfeita até o peito largo.

Observando-o enquanto descia a colina, Bast tropeçou numa pedra solta, fazendo um movimento bastante desajeitado. Ele produziu uma nota longa que mais parecia um grasnado, em seguida emitiu mais algumas enquanto esticava um braço desesperadamente para recuperar o equilíbrio.

O pastor riu nesse momento. No início, parecia estar rindo de Bast... mas não. Obviamente não era esse o caso, já que olhava na direção oposta. Além disso, estava cobrindo a boca. Provavelmente fora uma tosse. Ou talvez as ovelhas tivessem feito alguma coisa engraçada. Sim, com certeza era isso. Algumas vezes as ovelhas conseguiam ser engraçadas.

Mas ninguém pode ficar olhando para ovelhas por tanto tempo. O pastor suspirou e relaxou, reclinando-se sobre o cobertor. Colocou um braço atrás da cabeça e se espreguiçou devagar, arqueando as costas um pouco. A luz do sol filtrada pelas folhas mostrava os contornos arredondados de seu peito e abdome, cobertos por uma finíssima penugem cor de mel.

Bast continuou descendo a colina com passos delicados e graciosos na direção de onde o pastor estava deitado. Parecia um gato caçando. Parecia dançar.

O pastor suspirou de novo e fechou os olhos. Seu rosto se inclinou como uma flor que busca o sol. Embora tudo indicasse que estivesse tentando dormir, sua respiração parecia cada vez mais acelerada. Movendo-se inquieto, ele passou a mão pelo cabelo, espalhando-o no cobertor. Mordeu o lábio inferior…

Era difícil sorrir e tocar uma flauta de Pã ao mesmo tempo. Mas Bast era meio artista.

MEIO DA MANHÃ:
O ESTREITO CAMINHO

O sol havia subido um pouco quando Bast retornou para a árvore do raio. Ele estava agradavelmente suado, com o cabelo em leve desalinho. O joelho rasgado da calça tinha sido remendado com pequenos pontos regulares. A linha era de um branco esmaecido contra o tecido escuro, mas a costura havia sido astutamente moldada no formato de um cajado de pastor, e uma ovelhazinha felpuda fora bordada mais para cima da perna.

Não havia crianças esperando, de modo que Bast caminhou rápido em torno da árvore, dando uma volta em cada direção, para garantir que seus trabalhos continuavam firmes. Em seguida, apanhou o saco de couro, sentou-se junto à árvore e retirou dele um objeto às cegas. Abrindo a mão, franziu o cenho ao ver o embril que se parecia muito com uma moeda quebrada. Irritado, colocou-o de volta e retirou outro objeto. Dessa vez, pareceu mais satisfeito ao encontrar um quadrado de madeira que trazia a pintura de uma raposinha adormecida.

Bast tentou manipular o embril de madeira entre as articulações dos dedos, como se fosse uma moeda, e falhou. Depois o lançou para cima com o polegar, apanhou-o, prendeu-o sobre o pulso, e viu de novo a raposinha adormecida. Sorrindo, recostou a cabeça contra a lateral lisa e branca da árvore do raio, e em segundos estava roncando baixinho.

Bast despertou ao som de passos pesados subindo a colina. Ainda sonolento, conferiu a posição do sol e se espreguiçou. Em seguida, olhando colina abaixo, sorriu ao avistar um menino sardento de olhos azuis.

– Kostrel! – exclamou Bast com alegria. – Como está o caminho para Tinuë?

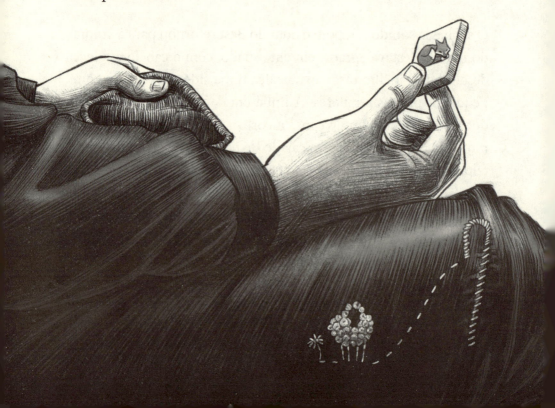

– Ensolarado! – respondeu o menino, sorrindo, enquanto se aproximava do topo da colina, exibindo botas surradas um pouco grandes para ele. Ele lançou para Bast um olhar maroto e baixou a voz, como se tramasse algo: – Tenho uma coisa para você!

Bast esfregou exageradamente as mãos, deliciado.

– Na verdade – continuou Kostrel com um toque dramático –, tenho *três* coisas pra você hoje.

Ele olhou ao redor com uma expressão casual, seus olhos examinando o sopé da colina onde não havia crianças à espera.

– Isso se você tiver tempo. Eu sei que em geral está ocupado...

Bast se espreguiçou devagar, para prolongar aquele momento. Kostrel negociava como uma hera amigável, alegremente buscando a mais sutil rachadura onde pudesse se escorar. Bast não era bobo nem nada para dar a ele uma mínima vantagem perguntando o que o rapaz havia trazido.

Mas ele também queria tempo para observar Kostrel uma segunda vez, já que sentia que algo estava ligeiramente fora do lugar. Ele estava com os ombros contraídos? O sorriso amplo demais? Estava nervoso ou apenas um pouquinho mais entusiasmado do que de costume?

– Esse é o problema de oferecer às pessoas aquilo de que precisam – disse Bast devagar, com o mesmo tom de indiferença de Kostrel. – Elas não precisam voltar para obter mais.

Bast se esforçou para não sorrir enquanto deixava a conversa se arrastar. Ele viu Kostrel brincando com um fio solto de seu punho, em seguida balançando sobre os calcanhares. Apesar de novo, o menino era esperto. Focado. E não estava ansioso. Devia ter algo bom para oferecer.

Foram apenas duas respirações antes que Kostrel abrisse a boca:

– Primeiro, nós temos um presente – disse ele e, com grande cerimônia, tirou algo do bolso, mas mantendo o punho fechado.

– Em geral não aceito presentes – replicou Bast, num tom duvidoso. Apesar de seu tom, os olhos estavam fixos na mão estendida de Kostrel.

Sorrindo, Kostrel movimentou a mão fechada, provocando Bast, enquanto levantava e abaixava as sobrancelhas repetidamente, de um modo ridículo.

Bast sorriu ao sentir o familiar conflito interno. Ele não era sábio, mas já havia se queimado antes. A cautela é irmã da sabedoria. Ainda assim, a curiosidade lhe causava comichões...

Mas não. Bast não tinha o menor desejo de ficar devendo. Até a mínima obrigação o deixava irritado. Mesmo que isso envolvesse um menino empolgado como aquele.

Dito isso... com quase toda a certeza não era algo perigoso. Apenas sem importância. Um botão. Um dente esquisito que ele encontrara enquanto estava cavando. Um pião. Uma pedra interessante que se parecia mais ou menos com um cachorro. Não podia haver dano *real* em receber presentes como esses. A dívida que impunham era mais leve que um alfinete.

Mas, pensando melhor, e se o botão fosse de osso? E se houvesse um rubi escondido na pedra? E se o brinquedo foi adorado? Apreciado, estimado, por muitas gerações? Passado de mão em mão com amor, pesado como uma algema de ouro?

Não. Com certeza não era nada disso. Simplesmente não valia a pena correr o risco.

Dessa forma, Bast resistiu. Balançando a cabeça, recostou-se na árvore e cruzou os braços. Mesmo assim, seus olhos ficavam voltando para a mão do menino, desviando e voltando, rápidos como a língua de uma cobra testando o ar com seus movimentos ágeis.

Kostrel começou a balançar o corpo para a frente e para trás, numa dança improvisada, cantando baixinho e levantando as sobrancelhas, tudo ao mesmo tempo. Ficou mexendo os quadris

e acenando com a mão que continha o objeto de forma mais provocativa.

Havia um motivo para Kostrel ser seu favorito. Ele era uma mistura perfeita de esperteza e tolice. Estava tão ridículo que Bast cedeu, rindo.

– Acho que posso fazer uma rara exceção. Só pra você.

Então, indo contra a razão e o bom senso, mas seguindo seu coração, Bast esticou o braço e manteve a mão aberta embaixo do punho cerrado do menino.

Kostrel parou com sua dança ridícula apenas o tempo suficiente para abrir a mão. Uma coisinha de metal caiu. Uma minúscula lágrima piscou e reluziu, apanhou o sol e girou no ar.

Aterrissou na palma da mão de Bast com a leveza de uma folha. Mas atingiu seu coração como uma bigorna. Tirou-lhe o fôlego como se estivesse sendo mantido embaixo d'água. Deixou-o estatelado, como se a árvore atrás dele tivesse sido atingida por um raio pela segunda vez, apesar do céu límpido.

Bast ficou com a visão turva. O mundo se tornou cinza e escureceu mais, depois ficou preto, até que o único laivo de luz restante era o daquele minúsculo pedacinho de latão em forma de lágrima tocado pelo sol em sua mão. Antes que pudesse ver mais alguma coisa, seus dedos se fecharam sobre o pequeno objeto, como se ele tivesse sido acometido por uma cãibra repentina.

O mundo voltou de repente ao normal. Luz e cor. Vento. O cheiro da grama.

Com a cabeça rodando, Bast se certificou de que seu rosto ainda era uma máscara. Era. Não podia revelar o que realmente sentia. Então o fez florescer com um leve toque de curiosidade, levantando só um pouquinho uma sobrancelha.

Kostrel o observava, ansioso. O primeiro pensamento que veio à mente de Bast foi que o modo mais rápido de descontar a sacanagem daquele pestinha seria rasgar sua garganta e jogá-lo do

topo da colina. Ele bateria contra a pedra dura da falésia do outro lado do riacho, e, em seguida, cairia na correnteza. Bast gostaria de ver o vil traidorzinho chamar seu nome sem voz, com as costas arrebentadas, os pulmões rapidamente se enchendo da água que corria depressa contra…

Mas é claro que ele não podia fazer isso. Aquela era a primeira de muitas coisas que Bast estaria impedido de fazer agora que havia sido tolo o bastante para aceitar um presente sem saber o que era, sem saber quanta obrigação penduraria no pescoço, ou o peso com que pressionaria seu coração. Um presente que não havia sido visto, como se ele fosse um gnomo-de-dênera nascido ontem.

– Sabia que você nunca tinha posto os olhos num desses – disse Kostrel. Seu tom de voz era um terço presunção e dois terços deleite.

Bast começou a ferver. Mas a expressão do menino… Havia algo errado nela. A armadilha fora montada, mas Kostrel não demonstrava nenhum traço de alegria com a desgraça alheia. Nenhum olhar malvado ou alívio profundo. Nenhum entusiasmo ao perceber que seu truque havia dado certo. Kostrel não exibia a expressão certa. Um Tarsus jovem coçaria o queixo e riria um pouco, ou pelo menos teria a decência de aparentar superioridade ou satisfação.

Movendo-se cuidadosamente para manter sua máscara no lugar, Bast tentou estender a mão para tocar o menino. Para sua grande surpresa, percebeu que conseguia. Devagar, Bast roçou dois dedos de leve no braço de Kostrel. O ar não ficou mais denso. Ele não sentiu dor nem medo. Sua vista não ficou turva. Nada. Por algum motivo, ainda conseguia colocar as mãos no menino.

Bast se inclinou para a frente e, como uma cobra que dá um bote, colocou uma das mãos em torno da garganta de Kostrel. Nada ainda. Bast sentiu a pulsação do menino bater levemente contra a ponta de seus dedos.

Com uma risadinha borbulhante, Kostrel se soltou. Foi um movimento modesto, sem sinal de susto ou medo.

– Lá de onde você vem, as pessoas dizem "obrigado" fazendo cócegas nos outros? – indagou ele num murmúrio, coçando a lateral do pescoço timidamente, olhando ao redor como se sentisse medo de que alguém pudesse ter visto aquilo. – Pare com isso, Bast.

Ao ouvir seu nome, Bast ficou tenso. Mas não houve nada. Sem compulsão, sem fraqueza. Nenhuma sensação. Não sentia como se Kostrel tivesse colocado uma coleira apertada em volta de sua garganta…

Intrigado, Bast baixou os olhos para o próprio punho cerrado. Aquele não era um mero botão ou brinquedo. Apesar do que as histórias diziam, não era fácil prender alguém como Bast. E a lista dos objetos que podiam prendê-lo de forma tão repentina, dura e pesada era bem curta. O ferro ancestral era capaz disso, é claro. Ou um pedaço de estrela. Um entre um punhado de elos escuros e antigos de uma corrente quebrada…

Mas esses eram escuros, e o que ele avistara era brilhante. Um lacre de ouro soberano poderia funcionar, mas apenas com os nomes corretos. Um anel de âmbar era outro truque mais antigo, mas Bast nunca tinha visto um. Além disso, teria que colocá-lo no dedo.

Devagar, Bast se esforçou para abrir o punho fechado e viu uma pecinha de latão brilhante e gravada, no formato de uma lágrima. Algum amuleto? Uma moeda?

Bast estava confuso. Ele não reconhecia o objeto, mas não era fácil esquecer aquela sensação. Lentamente, concentrou-se, sondando seu interior... e lá estava ela. Inegável como uma algema de ferro soldada em torno de seu coração. Bast se viu tentando desesperadamente encher os pulmões, como se não conseguisse respirar. Mas ele conseguia. Seus pulmões estavam cheios.

Com grande esforço, Bast se obrigou a expirar. Em seguida, inspirou profundamente, sentindo-se sem fôlego mesmo que o ar entrasse com facilidade. Ele quase desejou que aquilo fosse algum pedaço de ferro terrível e antigo; nesse caso, pelo menos entenderia. Era uma pena que o presente de Kostrel o houvesse prendido com uma obrigação mais pesada do que qualquer outra que sentira por eras, mas por que o menino não conseguia obrigá-lo? Como poderia ter a esperança de saldar uma dívida que ele nem parecia ter contraído com...?

Bast ergueu os olhos para o rosto sardento e sorridente de Kostrel. Então ele compreendeu, lembrando-se das exatas palavras que o menino usara antes.

– Estou entendendo. É um presente, mas não foi você que me deu. Quem foi, então? – perguntou Bast, fazendo a pergunta para a qual já tinha a resposta.

Cheio de terror e aflição, ele esperava que aquilo não fosse verdade.

– Foi Rike – admitiu Kostrel, com uma expressão meio

encabulada. – Esta é a segunda coisa que eu trouxe: um recado. Ele quer conversar – acrescentou o menino, dando de ombros várias vezes, como quem quer se desvencilhar de uma obrigação. – Não se preocupe. Conheço as regras e já disse pra ele que sua resposta seria não.

Bast reprimiu o impulso de gritar e bater os pulsos no chão. Reprimiu o instinto de suspirar e cair por terra com um visível alívio. Melhor perder para um inimigo estúpido do que para um amigo esperto. Rike tinha a astúcia faminta de um cão selvagem, mas não poderia ter feito aquilo deliberadamente. Era muito melhor ser pego por sorte do que permitir que Kostrel de alguma forma descobrisse quem Bast era de verdade, ou encontrasse um jeito de comprometê-lo, para em seguida jogar o jogo de maneira tão dissimulada a ponto de pegar Bast desprevenido.

Então, a situação era ruim, mas não tanto quanto havia temido. Bast olhou para o menino sardento, feliz também por não ter subestimado Kostrel. Segurava entre os dedos o pedaço quente de latão, que exibia duas mãos em torno de uma espiga de trigo.

– Então, o que é isso? – perguntou ele. – Quando não está ao relento sob a lua?

– O nome disso é "moeda de penitência" – desembuchou Kostrel, deixando óbvio que esperava desesperadamente por aquela indagação. – Fui perguntar para o abade Leoden, por causa da inscrição da igreja na parte de baixo – explicou ele, todo entusiasmado. – Está vendo?

Bast virou a moeda. A outra face exibia uma torre envolta em chamas.

– Ah! – exclamou ele, com uma expressão sombria. – Claro, *Tehus antausa eha* – proferiu ele, com a alegria tranquila de quem mastiga um bocado de sal.

– Não sei como é lá de onde você veio – continuou Kostrel –, mas nós gritamos isso para os demônios que vêm no meio do inverno. É algo santo, ou coisa assim. O abade me mostrou algumas outras moedas que estavam na caixa dos pobres – disse ele, depois baixando os olhos para a moeda e dando de ombros. – Só que aquelas eram diferentes. Ele falou que essa aí é bem antiga, mas não sei. Ela brilha como uma moedinha nova. As outras eram todas opacas.

Bast continuou virando a moeda entre os dedos, movendo a cabeça como se concordasse consigo mesmo ao ouvir alguém explicar uma piada não muito engraçada. Sua disposição não deu mostras de melhorar muito com a menção ao sacerdote.

Kostrel continuou falando, enchendo de alegria o silêncio:

– Ele disse que os ricos as dão aos mendigos para acertar as coisas com Deus. Mas isso acontece mais em cidades grandes, como Baedn e Atur, e outras do tipo. – Kostrel acenou vagamente na direção da estrada do rei. – Ele disse que qualquer padeiro da região vai querer trocar uma dessas moedas por um pão, não importa…

Kostrel interrompeu o que dizia ao notar a expressão de Bast.

– Pão?! – exclamou Bast, cuspindo a palavra, prestes a explodir. – Aquele mentirosinho pensa que pode me comprar com pão?

O sorriso de Kostrel se desfez, e ele agora parecia assustado.

– É um presente! – disse ele depressa. – Não é suborno! Rike disse que era um presente!

Bast sentiu os músculos de sua mandíbula tensos quando travou os dentes. Ele teria se deliciado com um suborno. Mas a culpa não era do menino. Ele não sabia disso. Na verdade, o fato de Kostrel não estar entendendo nada era a única coisa boa de toda aquela situação.

Kostrel tentou de novo, com uma voz aguda e hesitante:

– Acho que ele não teve nenhuma segunda intenção com esse gesto – disse ele. – Além do que… você sabe… talvez ele esteja querendo compensar um pouquinho as coisas. Ele sabe que errou feio no ano passado, então agora está em…

Então ele hesitou, apontando para a moeda, e completou:

– Penitência.

Depois de mais um momento, Kostrel tomou coragem e continuou:

– Quer dizer, um pão pode não ser muito para você, que mora em uma pousada – disse Kostrel, desconfortável, olhando para o chão. – A maioria das pessoas não tem isso. Para Rike, um pão é algo importante.

Bast virou o brilhante pedaço de latão entre os dedos mais uma vez. Seu rosto estava sombrio como as nuvens de uma tempestade. Mesmo assim, o que estava feito estava feito. Fez um gesto com a moeda, depois a soltou dentro do saco de couro, que fechou bem forte com o cordão.

– Você acha que, por isso, eu deveria aliviar as coisas para ele?

Kostrel estendeu as mãos, gesticulando.

– Eu não acho nada – disse ele com absoluta certeza. – Se vocês começarem a trocar chumbo de novo, quero estar em outro lugar!

Bast não conteve uma gargalhada; depois continuou sorrindo. Foi como o sol surgindo por detrás de uma nuvem.

– Isso porque você é muito sabido para a sua idade – disse ele. – Qual é a terceira coisa que você trouxe?

Kostrel relaxou e se sentou com as pernas cruzadas na grama.

– Tenho um segredo para vender. E vim falar com você primeiro, porque é uma informação valiosa – disse ele e depois hesitou, prolongando o drama do momento. – Eu sei onde a Emberlee toma banho.

Bast ergueu uma sobrancelha interessada.

– É mesmo?

Kostrel revirou os olhos.

– Seu falso. Não finja que não está interessado.

– Claro que estou interessado – disse Bast com apenas um quê de orgulho ferido. – Afinal, ela é a sexta moça mais bonita da cidade.

– Sexta?! – exclamou o menino, indignado. – Ela é a segunda mais bonita e você sabe muito bem disso.

– Talvez a quarta – admitiu Bast. – Depois da Annia.

– As pernas da Annia são finas como as de uma galinha – disse Kostrel, revirando os olhos de novo.

Bast deu de ombros sem muita convicção.

– Cada um com a sua escolha. Mas, sim, estou interessado. O que gostaria de trocar? Uma resposta? Um favor?

– Quero boas respostas para três perguntas *e* um favor – disse o menino, com um olhar escuro e penetrante. – E nós dois sabemos que vale o preço. Porque Emberlee é a terceira moça mais bonita da cidade.

Bast abriu a boca como se fosse protestar, mas deu de ombros.

– Nenhum favor. Três respostas sobre um único assunto anunciado de antemão – contrapôs ele.

Kostrel mordeu o lábio.

– Mas se você não conhecer bem o assunto, posso escolher outro.

Bast concordou com a cabeça e ergueu um dedo.

– Qualquer assunto, menos algo do meu patrão, é claro, pois, em sã consciência, não posso trair sua confiança – argumentou ele, com uma voz grossa que mal escondia sua presunção.

Kostrel nem se deu ao trabalho de rejeitar a ridícula ideia de que ele pudesse estar interessado no homem que administrava a segunda mais bem-sucedida taberna de uma cidade tão pequena que só tinha uma pousada.

– Três respostas completas e sinceras – disse ele. – Sem tergiversar nem embromar.

– Contanto que as perguntas sejam focadas e específicas – contra-argumentou Bast. – Nada dessa besteira de "diga tudo o que você sabe sobre…".

– Isso não seria uma pergunta – confirmou Kostrel.

– Exatamente – disse Bast. – Três respostas completas e sinceras sobre um único assunto. E você concorda em não contar pra mais ninguém onde Emberlee anda tomando seu banho.

Kostrel fez uma careta e Bast riu.

– Seu tratantezinho! Você teria vendido a informação vinte vezes, não é mesmo?

O menino encolheu um pouco os ombros, sem negar nem ficar envergonhado.

– É uma informação valiosa.

– E você não vai aparecer lá.

O menino de olhos escuros cuspiu algumas palavras que deixaram Bast mais surpreso do que seu uso anterior de *tergiversar*.

– Está bem – resmungou ele. – Mas, se você não souber a resposta, tenho direito a outra pergunta.

Bast pensou sobre isso um momento.

– É justo.

– E você me empresta outro livro – disse o menino, com os olhos escuros brilhando. – E me dá uma moeda de cobre. E tem que descrever os peitos dela pra mim.

Bast inclinou a cabeça para trás e riu.

– Feito. Se ela der permissão, é claro.

Kostrel titubeou.

– Como, com doze diabos diferentes, eu vou conseguir que ela concorde com isso? – perguntou ele.

Bast abriu os braços num gesto de quem não pode fazer nada.

– Problema seu – disse ele. – Mas perguntar pra ela parece ser o caminho mais direto.

Kostrel inspirou profundamente e liberou o ar em seguida. Depois se pôs de pé, deu um passo e pressionou a mão contra a lateral desbotada da árvore do raio. Bast estendeu o braço atrás de si para alcançar a árvore, e fechou o trato com um aperto de mão. A mão de Kostrel era delicada como a asa de um passarinho dentro da sua.

Soltando a mão de Kostrel, Bast piscou sob o sol quente e começou a bocejar.

– Então, sobre qual assunto você tem curiosidade?

Kostrel deu um passo para trás e se sentou no chão, e sua expressão séria assumiu ares de inebriante entusiasmo.

– Quero saber sobre os Encantados!

É difícil se espreguiçar e bocejar quando parece que você engoliu uma porção de ferro quente. Mas não era à toa que Bast se considerava um artista. Ele se espreguiçou impecavelmente, como um gato que cochila sobre a pedra quentinha de uma lareira. Seu bocejo foi tão lânguido que desejou que alguém estivesse presente para ver com que perfeição conseguia aparentar calma.

– Então? – indagou Kostrel. – Você sabe bastante sobre eles?

– Um tanto bem razoável – respondeu Bast com modéstia. – Mais do que a maioria das pessoas, imagino.

O rosto sardento de Kostrel ficou triunfante.

– Eu sabia disso! Você não é daqui. Você já viu como é lá fora, no mundo.

– Alguma coisa – admitiu Bast, olhando na direção do sol. – Faça suas perguntas então. Tenho um compromisso importante daqui a uma hora.

O menino ficou com os olhos fixos na grama por um instante, pensando.

– Como eles são?

Bast piscou, depois deu risada e jogou as mãos para o alto.

– Meu bom Tehlu! Você tem alguma ideia de como essa pergunta é maluca? Eles não são *como* coisa alguma. São como eles mesmos.

Kostrel fez uma expressão indignada.

– Não tente me enrolar! – disse ele, apontando um dedo para Bast. – Eu disse para não embromar!

– Não estou enrolando você – respondeu Bast, levantando as mãos em defesa própria. – É simplesmente impossível de responder. O que diria se eu lhe perguntasse como as *pessoas* são? Como poderia responder a isso? Há tantos tipos de pessoa. São todas diferentes.

– Então essa é uma grande pergunta – disse Kostrel. – Me dê uma grande resposta.

– Ela não é só grande – protestou Bast. – A resposta encheria um livro.

Um gato pode olhar para um rei, e uma criança pode subir numa árvore. E Kostrel, ao que parecia, podia fixar seus olhos nos de Bast sem hesitar, nem piscar, nem se mostrar aberto à mínima chance de concessão.

Bast fez uma careta.

– Seria possível argumentar que sua pergunta não foi focada nem específica.

Kostrel ergueu uma sobrancelha.

– Então estamos argumentando? Pensei que estávamos negociando informações. Se você me perguntasse onde Emberlee toma banho, e eu respondesse "num rio", você acharia que ofereci menos que o merecido, não é?

Bast suspirou.

– Se eu contasse todos os boatos que ouvi, isso levaria alguns dias. E seria inútil, mentiroso e contraditório. Prometi respostas sinceras e verdadeiras.

Kostrel apertou os olhos e deu de ombros com uma expressão nada solidária.

– Problema seu.

Bast levantou as mãos, rendendo-se.

– Farei o seguinte: *apesar* da natureza pouquíssimo focada de sua pergunta, darei uma resposta que cobre o formato geral das coisas e… – Bast hesitou. – … um segredo verdadeiro relativo ao assunto. Justo?

– Dois segredos. – Os olhos escuros de Kostrel ainda estavam sérios, mas também brilhavam de entusiasmo.

– Ok – disse Bast, erguendo os olhos para o céu, como se organizasse suas ideias. – Quando você diz "Encantados", está falando de qualquer ser que mora no reino das fadas. Isso inclui um monte de seres que são… apenas criaturas. Como os animais. Aqui você tem cachorros, esquilos e ursos. Lá eles têm demônios-raum e gnomos-de-dênera e duendes.

– E dragões?

Bast balançou a cabeça.

– Não que eu tenha ouvido falar. Não mais.

Kostrel parecia decepcionado.

– E o que me diz do povo encantado? Quer dizer, latoeiros feéricos e seres do tipo? – perguntou ele, endireitando o corpo, e logo acrescentando: – Veja bem, esta não é uma pergunta *nova*. É uma tentativa de destacar sua resposta em andamento.

Bast caiu na risada.

– *Em andamento?* Sua mãe foi assustada por um juiz quando estava grávida? Onde aprendeu a falar desse jeito?

– Fico acordado na igreja – respondeu Kostrel secamente. – E algumas vezes o abade Leoden me deixa ler os livros dele. Como são as pessoas que moram lá?

– A maioria é como as pessoas comuns – disse Bast com simplicidade.

– Como você e eu? – perguntou o menino.

Bast se controlou para não sorrir.

– *Exatamente* como você e eu. É muito provável que você nem os notasse se eles passassem por você na rua. Mas outros? Alguns deles são… diferentes. Mais poderosos.

– Como os varsas-que-nunca-morrem ou o Rei Dobrável?

– Onde ouviu falar do Rei Dobrável? – perguntou ele, surpreso, quase sem perceber.

Kostrel abriu um sorriso meio maroto.

– O que me dá por uma resposta a *essa* pergunta?

Bast coçou o rosto, incrédulo. Em seguida, tocou a testa em um gesto que imitava uma reverência formal, embora estivesse sentado de pernas cruzadas na grama com uma ovelha de lã bordada em suas calças.

– Alguns dos Encantados são desse jeito – admitiu Bast. – Do jeito que você ouve nas histórias. Uma força física, feitiços ou truques que fazem um arcanista sentir vergonha. Mas alguns são poderosos de outra maneira. Como o prefeito ou o usurário – continuou ele, com uma expressão amarga: – Vários desses tipos… não são boa companhia. Eles gostam de enganar as pessoas. Pregar peças.

Um pouco do entusiasmo de Kostrel arrefeceu diante daquele comentário.

– Parece que você está falando de demônios.

Bast começou a balançar a cabeça, mas hesitou. Em seguida, fez um gesto vago.

– Alguns são muito parecidos com demônios – admitiu ele. – Ou tão próximos disso que não faz diferença.

– Há também alguns que são como anjos? – perguntou o menino.

– É bom pensar assim – respondeu Bast. – Espero que sim. Mas minha impressão é de que a maioria deles fica mais no meio-termo do que nos extremos.

– De onde eles vêm?

Bast pegou uma folha de grama e a levou distraidamente à boca.

– Então essa é a segunda pergunta? – indagou ele. – Deve ser, pois não tem nada a ver com a *aparência* dos Encantados.

Kostrel deu um sorriso nervoso, embora Bast não conseguisse detectar se ele estava constrangido por ter se deixado levar pelo entusiasmo ou envergonhado por ter sido pego tentando obter uma resposta de graça.

– É verdade que os Encantados nunca conseguem mentir?

– Alguns não conseguem – explicou Bast. – Outros só acham que mentir é feio. Alguns mentem, mas nunca faltam com sua palavra – continuou ele, dando de ombros. – Outros mentem muito bem, e fazem isso a cada oportunidade que encontram.

Kostrel abriu a boca, mas Bast limpou a garganta.

– Você deve admitir – disse Bast – que essa é uma primeira resposta muito boa. Eu até dei algumas respostas grátis.

– Não deu, não! – respondeu Kostrel. – Concordamos que seriam três perguntas separadas e relacionadas a um tópico central. Se alegasse que uma pergunta duplicada é uma nova pergunta, isso seria embromação – disse ele, assumindo uma expressão solene. – É mais justo dizer que eu generosamente o ajudei a permanecer no assunto.

Bast sufocou o riso.

– Mas você admite que dei uma boa resposta, certo?

Por um segundo, Kostrel deu a impressão de que iria discutir. Em seguida, assentiu meio amuado.

– E os meus segredos?

– Em primeiro lugar – disse Bast, erguendo um dedo. – A maioria dos Encantados nunca vem para este mundo. Não gostam dele. Este mundo os esfola, como uma camisa de estopa. No entanto, quando vêm, gostam mais de alguns lugares...

Os olhos de Kostrel estavam ávidos e penetrantes feito uma faca. Em vez de resistir a se deixar levar, ele foi em frente, ávido.

– De que lugares eles gostam?

Bast sentiu sua voz ficando suave e baixa.

– Em primeiro lugar, eu prometi que seria verdadeiro e claro;

é isso que pretendo fazer. Então, antes de responder, devo dizer: há incontáveis variedades de Encantados. Muitas casas, muitas cortes. Cada um assumindo uma nuance sutil. Todos queimando com seu fogo estranho. Todos governados pelos desejos do próprio coração...

Inclinou-se para a frente e Kostrel, inconscientemente, fez o mesmo.

– Alguns têm um amor terno pela natureza selvagem. Outros se sentem atraídos pelo lar e o aconchego dos mortais. Alguns encontram um lugar secreto e ficam lá, enquanto outros se sentem obrigados a vagar por aí.

Bast sentiu um entusiasmo crescendo no peito, o raro e borbulhante deleite advindo de libertar um segredo guardado a sete chaves que alguém desejava desesperadamente saber. Era como doce, aguardente e um beijo, tudo junto.

– Mas algo que atrai a todos os Encantados são os lugares que têm conexões com as coisas nuas e cruas que moldam o mundo. Lugares tocados pelo fogo e pela água. Lugares que estão próximos ao ar e à pedra. Quando esses quatro elementos se juntam... – disse Bast, entrelaçando as mãos.

O rosto de Kostrel perdeu todos os traços de esperteza aguda. Ele parecia uma criança de novo, a boca aberta, os olhos arregalados e profundos, doces e fascinados.

Observando-o, Bast sentiu a alegria penetrar seu coração. Bast transformava o artifício em arte, e era justo que sentisse orgulho de sua hábil ocupação. Mas aquele menino ali sentado era ele mesmo. Seu coração era uma harpa que tocava unicamente a melodia de seu puro desejo. Bast sentia vontade de chorar, e se perguntava onde se perdera no caminho.

– Segundo segredo – continuou Bast, erguendo dois dedos delgados. – O que eu disse antes era verdade. Em sua maioria, os Encantados são bastante parecidos com a gente. Mas quase todos têm alguma coisa que é ligeiramente distorcida. Seu sorriso. Seu cheiro. A cor dos olhos ou da pele. Podem ser um pouquinho baixos ou magros. Talvez tenham um brilho sutil quando o luar atinge seu cabelo. Algum outro poderia ser estranhamente forte ou belo.

– Como Feluriana! – interveio Kostrel.

– Isso, como Feluriana – disse Bast, irritado por ter sido tirado do eixo. – Todos aqueles que andam nos caminhos tortuosos têm encantos para se esconderem. Mais do que isso, como você bem sabe – continuou ele. – Esse é um tipo de magia que todo o reino das fadas compartilha.

Bast lançou o último comentário como um pescador que lança um anzol.

Kostrel mordeu a isca sem hesitar. Não lutou contra a linha. Ele nem sabia que tinha sido fisgado.

– Agora vai minha segunda pergunta: que tipo de magia fazem?

Bast revirou os olhos de um modo dramático.

– Ora, ora, esse é outro tipo de pergunta que rende um livro!

– Bem, talvez você devesse *escrever* um livro então – disse Kostrel. – Daí poderia me emprestar esse livro e matar dois coelhos com uma cajadada só.

O comentário pareceu pegar Bast de surpresa.

– Escrever um livro?

– É isso que as pessoas fazem quando conhecem cada mínimo detalhe de um assunto, não é? – disse Kostrel, sarcástico. – Escrevem tudo, para poderem se exibir.

– Vou contar o arcabouço do que sei – disse Bast. – Em primeiro lugar, os Encantados não acham que isso é magia. Eles se referem a isso como arte ou ofício. Aparência ou configuração. Mas se tivessem que falar de forma clara, o que quase nunca fazem, eles usariam as palavras *glamouria* e *gramaria*.

Kostrel observava com atenção, arrebatado, enquanto Bast prosseguia:

– As artes gêmeas de fazer alguma coisa *parecer* ou *ser*.

Bast continuou falando, levado pelo entusiasmo do menino. Suas palavras fluíam rapidamente e com facilidade.

– A glamouria é mais fácil. Com ela, você consegue fazer uma coisa parecer o que não é. Fazer uma camisa branca parecer azul ou uma rasgada parecer intacta. A maioria dos Encantados tem pelo menos um pouquinho dessa arte, para esconder sua estranheza dos mortais – disse Bast, esticando um braço para tocar uma mecha do cabelo de Kostrel. – A glamouria deles poderia fazer o cabelo dourado parecer prateado.

O rosto de Kostrel estava perdido em fascínio outra vez. Mas… algo estava diferente agora. Olhando mais de perto, Bast percebeu que não era mais o espanto bobo e boquiaberto de antes. Os olhos dele estavam aguçados e brilhantes, como facas. Demonstravam uma mente que não estava mais fascinada pelo *quê*, e lentamente se deslocava para o ponto onde perguntaria *como*.

Bast sentiu um arrepio percorrendo seu corpo. Esse era o resultado de baixar a guarda. Era isso que acontecia quando se permitia ficar comprometido, preso ao chão, pressionado de tantas maneiras. Por que tivera que aprender o suficiente sobre aquele menino para sentir carinho por ele? Era como se apaixonar por uma violeta. Era como construir uma casa sobre a areia.

Sentindo o suor frio brotar em seu corpo, Bast observou os olhos de Kostrel à medida que o fascínio mudava de leve, tornava-se faminto e ávido, começava a se cristalizar em perguntas do tipo: "Como eles fazem?" Ou, pior ainda: "Como rompê-lo?"

E o que Bast faria então, com uma pergunta dessas pairando no ar? Quebrar a promessa feita de forma tão justa? Ali, onde todas as coisas se juntavam? Aquilo era contrário ao seu desejo, e Bast mal podia adivinhar qual seria a consequência…

Não. Era muito mais fácil dizer a verdade por ora. Depois

garantir que algo acontecesse ao menino. Algo rápido e definitivo, lamentável mas acidental. Quanto mais cedo, mais seguro.

Mas... Bast gostava daquele menino. Ele não era idiota nem fácil. Não era maldoso nem vulgar. Era bobinho, rápido e ávido. Bast havia trabalhado durante eras para aprender a ser uma lanterna, ao passo que aquela doce e simples criança estava ali sentada, brilhando como o sol do verão. O pirralhinho esperto e espirituoso era brilhante como vidro quebrado, mas afiado o bastante para se cortar. E cortar Bast também.

Bast esfregou o rosto. Ele nunca havia estado em conflito com o próprio desejo antes daquele momento. Costumava ser tão fácil. Querer e obter. Ver e pegar. Correr e caçar. Sentir sede e saciá-la. Agora tudo parecia complicado. Tanta coisa que ele desejava não lhe seria possível buscar. E a cada dia ele se sentia mais afastado de seu verdadeiro...

– Bast – disse Kostrel, com a cabeça inclinada para um lado. – Você está bem?

Desajeitado como um filhote de corça, ele esticou o braço para colocar a mão sobre o joelho de Bast, dando-lhe batidinhas tímidas, tentando confortá-lo.

Não. Bast não podia matar aquele menino. Isso seria difícil demais.

Mesmo assim, sabia como uma cidade poderia se transformar rápido. Ele já tinha visto isso. Um dia tudo é um mar de rosas, mas bastava que um mero segredinho vazasse e de repente a única escolha era ferro e fogo, ou fugir e deixar tudo para trás.

Mas ali, naquele momento? Ele não *queria* ir embora. Além disso, seus segredos estavam todos enredados nas mentiras de seu mestre, tanto que ele temia que um único fio solto pudesse desemaranhar a coisa toda.

– Você disse que gramaria era fazer algo ser? – indagou Kostrel.

Bast fez um gesto esquisito. Ele não tinha que fingir uma luta interior. Prometera ser sincero. Ele havia falado demais. Matar aquele menino seria como estilhaçar um vitral, mas os segredos trairiam seu mestre.

Mas não dizer nada seria a pior opção naquele momento. Bast sabia como o silêncio seria ensurdecedor.

– Gramaria é… mudar uma coisa – disse ele por fim.

– Como transformar chumbo em ouro? – perguntou Kostrel, tentando ajudar. – É assim que eles fazem o ouro das fadas?

Bast fez questão de sorrir, embora sentisse o sorriso como uma máscara de couro sobre o rosto.

– Isso provavelmente seria glamouria. É fácil, mas não dura. Os tolos caem na armadilha do ouro das fadas e acabam com os bolsos cheios de pedras e bolotas de carvalho na manhã seguinte.

– Mas seria possível transformar cascalho em ouro puro? – indagou Kostrel. – Se eles quisessem?

Bast sentiu a rigidez entre os ombros ceder um pouco. Seu sorriso ficou mais suave, cada vez mais sereno. Claro. Ele era um menino curioso. Claro. Aquele era o estreito caminho entre desejos.

– Não é esse tipo de transformação – disse Bast, embora concordasse com a pergunta. – Isso seria transformar demais. A gramaria tem a ver com… intensificar. Tem a ver com fazer de algo mais do que já é.

Kostrel contraiu o rosto, confuso.

Bast respirou fundo e expirou o ar pelo nariz.

– Estou fazendo isso errado. O que você tem nos bolsos?

Kostrel fez uma busca e estendeu as mãos. Havia um botão de cobre, um pedaço de carvão, uma castanha, uma faquinha dobrável… e uma pedra cinza com um furo no meio. Claro.

Devagar, Bast passou os dedos sobre a coleção de quinquilharias, e no fim se deteve sobre a faquinha. Não era especialmente atraente, apenas um pedaço de madeira lisa do tamanho de um dedo com um sulco onde se encaixava uma lâmina dobrável.

Bast a apanhou delicadamente entre os dedos.

– O que é isso?

– É a minha faca – respondeu Kostrel enquanto colocava o restante de seus pertences de volta no bolso.

– Só isso? – perguntou Bast.

– O que mais poderia s…?

O menino parou de falar antes de completar a pergunta, semicerrando os olhos, tomado de suspeita.

– É só uma faca.

Bast tirou a própria faca do bolso. Era um pouco maior e, em vez de ser de madeira, era feita a partir de um pedaço de chifre, belo e polido. Quando a abriu, a faca emitiu um brilho agudo e intenso.

Ele colocou as duas facas no chão.

– Você trocaria a sua faca pela minha?

Kostrel fixou seus olhos invejosos na faca de Bast. Mas não houve sequer um sinal de hesitação antes que ele balançasse a cabeça.

– Por que não?

– Porque ela é minha – disse o menino, seu rosto se turvando.

– A minha é melhor – argumentou Bast num tom trivial.

Kostrel estendeu o braço e apanhou sua faca, fechando a mão ao redor dela num gesto possessivo. Seu rosto estava taciturno como uma tempestade.

– Meu pai me deu isto antes de aceitar o soldo do rei e virar soldado para nos defender dos rebeldes – completou ele, erguendo os olhos para Bast, como se o desafiasse a dizer uma única palavra que contrariasse o que havia falado.

Bast não desviou os olhos dele, apenas assentiu com uma expressão séria.

– Então ela é mais que uma mera faca – disse ele. – É algo especial para você.

Ainda segurando a faca, Kostrel concordou, piscando várias vezes.

– Para você, é a melhor faca.

O menino assentiu de novo.

– É mais importante que outras facas. E isso não é só *parecer* – disse Bast, apontando para a faca. – É algo que essa faca é.

Uma centelha de entendimento brilhou nos olhos de Kostrel. Bast anuiu.

– Isso é gramaria. Agora, imagine se alguém pudesse pegar uma faca e transformá-la em algo mais do que uma faca é. Fazer dela a melhor faca. Não apenas para esse alguém, mas para *todo mundo* – completou Bast, apanhando sua faca, dobrando a lâmina e a fechando com um clique. – Se esse alguém fosse realmente talentoso, poderia fazer isso com alguma coisa que não fosse apenas uma faca. Poderia fazer um fogo que fosse mais que fogo. Mais devorador. Mais quente. Alguém poderoso de verdade poderia fazer ainda mais. Poderia apanhar uma sombra…

Bast suavemente interrompeu o que estava dizendo, deixando um espaço aberto no ar vazio.

Kostrel respirou fundo e aproveitou para preenchê-lo com uma pergunta.

– Como Feluriana! – exclamou ele. – Foi assim que ela fez a capa de sombra de Kvothe?

Bast assentiu com gravidade, feliz pela pergunta, mas odiando que tivesse sido *aquela* pergunta.

– Me parece provável. O que uma sombra faz? Ela esconde, protege. A capa de sombra de Kvothe faz a mesma coisa, mas faz mais...

Kostrel concordava à medida que compreendia, e Bast continuava depressa, ansioso por deixar para trás aquele assunto em especial:

– Pense na própria Feluriana...

Sorrindo, Kostrel não demonstrava ter dificuldade nisso.

– Uma pessoa bonita – disse Bast – pode ser um objeto de desejo. Feluriana é isso. Como a faca. A mais bonita. Objeto do maior desejo de todos...

Suavemente, Bast deixou a frase incompleta.

Kostrel tinha o olhar distante, deliberando sobre toda a questão. Bast lhe concedeu tempo para isso. Depois de um momento, o menino lançou outra pergunta:

– Isso não poderia ser apenas glamouria?

– Ah! – exclamou Bast, abrindo um sorriso largo. – Mas qual é a diferença entre *ser* bonita e *parecer* bonita?

– Bem... – começou Kostrel, titubeando um instante, para depois se recuperar: – Uma coisa é real e a outra não é. – Ele parecia ter certeza, mas isso não se refletia em sua explicação: – Uma delas seria falsa. Você saberia apontar a diferença, não?

Bast deixou a pergunta em aberto. Estava perto, mas ainda não era a que ele queria.

– Qual é a diferença entre uma camisa que *parece* branca e uma camisa que é branca? – contra-argumentou ele.

– Uma pessoa não é igual a uma camisa – retrucou Kostrel com acentuado desdém. – Se Feluriana parecesse toda suave e rósea como Emberlee, mas seu cabelo fosse como o rabo de um cavalo, você saberia que não era real.

– A glamouria não consiste apenas em enganar os olhos – disse Bast. – Ela engana todos os sentidos. O ouro das fadas parece pesado. E um porco glamourizado poderia cheirar a rosas quando você o beijasse.

Kostrel vacilou por um momento. O desvio de sua imaginação de Emberlee para um porco o fez piscar, meio confuso.

– Não seria mais difícil glamourizar um porco? – perguntou ele finalmente.

– Você é esperto – comentou Bast. – E está certo. E glamourizar uma moça para que ela fique *mais* bonita não daria tanto trabalho. É como colocar glacê em um bolo.

Kostrel coçou o rosto, e seus olhos focalizaram algo à distância.

– É possível usar a glamouria e a gramaria ao mesmo tempo? – perguntou ele. – Essa parece a maneira mais simples de obter mais valor por algo que você realize.

Isso surpreendeu Bast o suficiente para que a expressão de seu rosto se alterasse. O menino era brilhante como ferro recém-afiado, e duas vezes mais perigoso de ter por perto e manipular. Bast sentiu um orgulho quente em seu peito e ao mesmo tempo um arrepio de medo ao pensar no que o garoto poderia perguntar em seguida. A terceira pergunta de Kostrel aguardava como um tigre sobre a relva.

Bast fez um gesto com a cabeça, encorajando o menino.

– Ouvi dizer que é assim que as coisas são.

Kostrel parecia pensativo.

– É isso que Feluriana deve fazer – disse ele. – Como creme sobre o glacê de um bolo.

– Também acho – disse Bast. – A que eu conheci d...

Ele parou de falar abruptamente, seu rosto tal qual uma máscara de medo enquanto fechava a boca. Mas estava claro que era tarde demais...

A cabeça de Kostrel se ergueu de repente, seus olhos brilhando com um entusiasmo animal.

– Você conheceu alguém do reino das fadas?

Bast sorriu. Seus dentes perfeitos pareciam uma armadilha de urso.

– Sim.

Dessa vez, Kostrel sentiu tanto o anzol quanto a linha, mas era tarde demais.

– Seu filho da mãe! – gritou ele, furioso.

– Sou mesmo! – admitiu Bast, alegre.

– Você me enredou para que eu fizesse essa pergunta!

– Foi o que eu fiz – disse Bast. – Foi uma pergunta relacionada com o assunto, e eu a respondi de forma completa e sem tergiversar.

Kostrel se levantou e saiu pisando duro, mas voltou um instante depois, batendo forte no chão suas botas um pouco grandes demais.

– Me dê minha moeda – exigiu ele, estendendo o braço.

Bast tirou do bolso uma moeda de cobre.

– Então, onde é que Emberlee toma banho?

Kostrel lhe lançou um olhar furioso.

– Depois do almoço na propriedade de Boggan – disse ele. – Passando a Velha Ponte de Pedra, depois subindo na direção das colinas uns quatrocentos metros… Uma piscina natural com leito de areia, escondida por um freixo.

Bast lhe atirou a moeda, ainda morrendo de rir.

– Tomara que seu pinto caia – disse o menino cheio de veneno antes de descer a colina pisando duro.

Bast não pôde deixar de dar uma risada. Mas fez o possível para que não fosse audível, já que gostava do menino e não queria ferir os sentimentos dele. Mesmo assim, não teve muito sucesso, e o som acompanhou a retirada do menino sardento.

Kostrel se virou ao chegar ao sopé da colina e gritou:

– Você ainda me deve um livro!

Bast parou de rir quando algo se agitou em sua memória.

Procurando ao redor, entrou em pânico ao perceber que o *Celum Tinture* não estava em seu devido lugar.

Então ele se lembrou de ter deixado o volume no velho aze-vinho e relaxou. O céu estava limpo, sem sinal de chuva. O livro estava a salvo.

Ele se virou e desceu apressado a colina, não querendo se atrasar.

QUASE MEIO-DIA: PÁSSAROS

Bast correu a maior parte do trajeto até o pequeno vale. Quando chegou lá, estava suando feito um cavalo exausto. A camisa colava em seu corpo de forma incômoda e, enquanto descia pela margem inclinada até a água, ele a puxou sobre a cabeça e a usou para enxugar o suor do rosto.

Uma saliência de pedra longa e achatada adentrava o Riopequeno nesse ponto, formando uma lagoa calma, onde a correnteza retornava sobre si mesma. Uma fileira de salgueiros se debruçava sobre a água, tornando aquele ponto protegido e sombreado. A beira da lagoa era coberta de arbustos espessos, e a água era calma, límpida e quieta.

Sem camisa, Bast foi caminhando até a saliência áspera de pedra. Quando estava vestido, seu rosto e seus dedos longos e hábeis o faziam parecer um pouco magro, mas sem a camisa seus ombros eram surpreendentemente musculosos, mais do que se esperaria ver em um camponês, que dirá de um vagabundo habituado a não fazer muita coisa além de ficar à toa em uma pousada vazia o dia inteiro.

Ao sair da sombra dos salgueiros, Bast se ajoelhou para mergulhar a camisa na água. Depois a torceu acima da cabeça, tremendo um pouco com a temperatura fria da água. Esfregou o peito e os braços vigorosamente, sacudindo as gotas de água do rosto.

Colocou de lado a camisa, segurou firme na borda de pedra na beirada da lagoa, para em seguida respirar fundo e mergulhar a cabeça. O movimento fez os músculos dos ombros e das costas se flexionarem. Após um instante, retirou a cabeça da água, ofegando levemente e sacudindo a água do cabelo.

Em seguida, levantou-se, ajeitando o cabelo para trás com as duas mãos. A água lhe escorria peito abaixo, formando pequeninos córregos por entre os pelos escuros, descendo pela superfície plana de seu abdome. Ele agitou o corpo todo, depois se aproximou de um nicho escuro formado por uma projeção pontiaguda da rocha. Tateou por ali alguns segundos antes de apanhar um pedaço de sabão cor de manteiga.

Ajoelhou-se de novo na beira da água, mergulhando a camisa várias vezes e em seguida esfregando-a com o sabão. Demorou um pouco, já que ele não tinha uma tábua de lavar, e obviamente não queria desgastar o tecido esfregando a camisa contra as pedras ásperas. Ensaboou e enxaguou a peça várias vezes, torcendo-a com as mãos, enrijecendo e avolumando os músculos dos ombros e braços. Fez um trabalho surpreendentemente completo, embora estivesse todo ensopado e salpicado de espuma ao terminar.

Bast estendeu a camisa sobre uma pedra ensolarada para que secasse. Então começou a tirar as calças, mas interrompeu o movimento e inclinou a cabeça para um lado, batendo a mão contra a têmpora, como se tentasse tirar água do ouvido.

Talvez por estar com água no ouvido, Bast não notou o agitado gorjeio vindo dos arbustos que cresciam ao longo da beira da lagoa. Era um ruído que poderia ser gerado por pardais tagarelando entre os galhos. Um bando de pardais. Talvez vários bandos.

E se Bast também não tivesse visto a movimentação dos arbustos? Ou notado por entre os ramos pendentes dos salgueiros cores que não se encontram normalmente nas árvores? Algumas vezes um rosa-claro, outras vezes um vermelho vibrante. Outras vezes ainda um insignificante amarelo ou um azul como de uma centáurea. E embora seja verdade que camisas e vestidos podem ter essas cores... ora, os pássaros também podem. Tentilhões e gaios. Além disso, era sabido por todos os rapazes e moças da cidade que o jovem moreno que trabalhava na pousada era lamentavelmente míope e, além disso, um pouco tolo.

Assim, os pássaros chilreavam nos galhos enquanto Bast mais uma vez desamarrava o cordão de suas calças, o nó aparentemente lhe dando certo trabalho. Lidou com o cordão por um momento antes de ficar frustrado e se alongar como um gato, arqueando o corpo.

Finalmente conseguiu desamarrar o cordão e se livrou das calças. Não estava usando nada por baixo e, quando as jogou, houve uma espécie de grasnado vindo do salgueiro, do tipo que poderia ter sido emitido por uma ave maior. Uma garça, talvez. Ou um corvo. E se um galho fosse sacudido violentamente ao mesmo tempo, bem, talvez uma ave tivesse se inclinado demais em sua ponta até quase cair. Fazia sentido que algumas aves fossem mais desajeitadas que outras. Por sorte, nesse momento, Bast estava olhando para o outro lado.

Bast então mergulhou, espalhando água como um menino e arfando um pouco por conta do frio. Após alguns minutos ele se aproximou de uma porção mais rasa da lagoa, onde a água subia até sua cintura delgada.

 Embaixo da água, um observador atento poderia notar que as pernas do jovem eram um pouco… esquisitas. Mas esse ponto era sombreado, e todos sabem que a água distorce estranhamente a luz, fazendo as coisas parecerem diferentes do que são. Além disso, os pássaros não são os observadores mais atentos, especialmente quando existem outros lugares mais interessantes em que concentrar sua atenção.

<hr />

Mais ou menos uma hora depois, um pouco molhado e cheirando a sabão de madressilva, Bast subiu a falésia onde tinha total certeza de ter deixado o livro de seu mestre. Era a terceira falésia que ele havia escalado na última meia hora, buscando uma árvore específica.

Quando chegou ao topo, Bast relaxou ao ver o azevinho. O galho e o ângulo feito por ele estavam exatamente como se lembrava, mas o livro não se encontrava mais lá. Contornando a árvore, ele se deu conta de que o livro não caíra no chão.

O vento se agitou e Bast viu uma coisa branca reluzindo como uma bandeirinha. Sentiu um arrepio repentino, temendo que pudesse ser uma página solta do livro. Poucas coisas deixavam seu mestre mais furioso que o descuido com livros.

Mas não. Estendendo a mão, Bast não sentiu a capa de couro do livro como imaginara. Em vez disso, seus dedos tocaram um pedaço grosso de casca de bétula, preso por uma pedra. Ele a puxou e viu as letras toscamente espalhadas na face da casca.

Bast tinha acabado de voltar para a árvore do raio quando viu uma menina surgir na clareira usando um vestido franzido de um azul vibrante.

Enquanto ela se aproximava lentamente, Bast, meio sem pensar, remexeu na bolsa de couro e apanhou um objeto lá de dentro. Baixando os olhos, viu um raio dourado reluzindo contra o preto liso de um pedaço de pedra. Traços de uma delicada gravura desenhavam uma corrente na pedra. Ao sol, ela brilhava como um adorno de ouro.

A menininha não parou na pedra cinzenta, avançando com dificuldade e subindo pela encosta da colina. Ela era mais nova que a maioria das crianças que vinham até a árvore, talvez tivesse seis ou sete anos. Usava sandálias finas, e fitas de um violeta profundo estavam entrelaçadas ao seu cabelo cuidadosamente cacheado.

Bast nunca a tinha visto, mas Nalgures era uma cidade pequena. Mesmo sem nunca a ter visto, por suas roupas finas e pelo seu cheiro de água de rosas, ele poderia adivinhar que aquela era Viette, a filha mais nova do prefeito.

Ela escalou a colinazinha com uma determinação inflexível, carregando algo peludo num dos braços. Quando chegou ao topo da colina, agitada e suando um pouco, ficou esperando.

Bast a observou com calma por um instante, depois se pôs de pé.

– Você conhece as regras? – perguntou ele, muito sério.

Viette continuou ali, com seus laços cor de púrpura no cabelo. Era óbvio que ela estava um pouco amedrontada, mas seu lábio inferior saliente mostrava uma atitude de desafio quando ergueu os olhos para ele. Ela assentiu.

– Quais são elas?

A menininha passou a língua pelos lábios e começou a recitar, meio cantarolando:

– Que venha sozinho quem quer me ver. Mais alto que a pedra não pode ser – pronunciou ela, apontando para a pedra cinzenta caída no sopé da colina.

Ela então levou um dedo aos lábios, como que pedindo silêncio.

– Não diga…

– Pare! – Bast a interrompeu de repente, deixando-a um pouco assustada: – Você precisa dizer os dois últimos versos tocando a árvore.

A menina ficou meio pálida ao ouvir aquilo, mas deu alguns

passos à frente e levou a mão até o tronco descorado daquela árvore morta havia muito tempo. Limpou a garganta de novo, fez uma pausa com os lábios se movimentando em silêncio enquanto repassava o início do poema até encontrar o ponto certo.

– Não diga a um adulto o que aqui ocorre, pois o raio te pega e você morre.

Quando pronunciou a última palavra, Viette ofegou e de repente retirou a mão, como se algo a tivesse picado. Arregalou os olhos enquanto examinava os dedos, constatando que estavam intactos, de um tom róseo saudável. Bast escondeu um sorriso com a mão.

– Muito bem, então – declarou Bast. – Você conhece as regras. Eu guardo seus segredos e você guarda os meus. Posso responder perguntas ou ajudá-la a resolver um problema – disse ele, sentando-se de novo com as costas apoiadas na árvore, o que o deixou no mesmo nível que os olhos da menina. – O que você quer?

Ela estendeu a minúscula bola de pelo branco que estava carregando aninhada num braço. A criatura miou.

– Esse gato é mágico? – perguntou ela.

Bast pegou o gato nas mãos e o examinou. Era um serzinho sonolento, quase totalmente branco. Um olho era azul, o outro verde.

– Na verdade – disse ele, com um tom de ligeira surpresa –, ele é. Pelo menos um pouco – completou, devolvendo o bichano.

A menina assentiu com um ar sério.

– Quero dar pra ela o nome de Princesa Bolinho com Glacê.

Bast simplesmente ficou olhando para ela.

– Tudo bem – disse ele.

A menina fechou a cara.

– Eu não sei se o bichinho é menino ou menina.

– Ah – disse Bast. – Ele estendeu as mãos para pegar o animal, acariciou-o e depois o devolveu. – É menina.

A filha do prefeito olhou para ele com a testa franzida.

– Você está contando lorota?

Bast piscou sem entender, em seguida riu.

– Por que você acreditaria em mim na primeira vez e não na segunda? – perguntou ele.

– Eu já *achava* que ela era um bichinho mágico – respondeu Viette, revirando os olhos, sem um pingo de paciência. – Eu só queria ter certeza. Mas ela não está usando vestido. Não tem fita ou laço. Como sabe que ela é menina?

Bast abriu a boca. Depois a fechou de novo. Aquela não era a filha de um lavrador qualquer. Tinha uma governanta e um armário cheio de roupas. Não passava os dias na companhia de porcos e bodes. Ela nunca havia visto um carneiro nascer. A pergunta era fácil. O que não seria fácil de enfrentar era um prefeito furioso invadindo a Pousada do Marco do Percurso, querendo saber por que sua filha aprendera a palavra "pênis".

Mesmo assim, era muito fácil responder. De qualquer forma, Bast teria preferido dizer a verdade inteira, em vez de parte dela.

– Laços e vestidos não têm muita importância – respondeu ele. – Ela decidiu que é menina, então ela é menina.

Viette olhou para ele desconfiada.

– Mas como sabe o que ela decidiu? – indagou ela. – Você consegue conversar com os gatinhos?

– Consigo – respondeu Bast, convencido.

A menina arregalou os olhos e ficou visivelmente entusiasmada. Ela respirou fundo, depois fez uma pausa e falou:

– Disseram que você engana os outros…

– Engano mesmo – admitiu Bast.

– Qualquer um consegue conversar com os gatinhos, não é mesmo?

Bast sorriu para a menina. Teria que ficar de olho nela. Em alguns anos, ela seria um belo páreo para Kostrel.

– As pessoas conseguem, se quiserem.

– O que *perguntei* – respondeu ela, enfatizando a palavra – é se os gatinhos realmente conversam com *você* – explicou ela, e em seguida acrescentou: – Você consegue entender eles?

– Não – disse Bast, sendo perfeitamente sincero. – Quase nunca.

Ela fez uma carranca furiosa.

– Então, como sabe que ela decidiu ser menina?

Ele hesitou. Preferia não mentir. Não ali. Mas ele não prometera responder à pergunta dela nem fizera um tipo de acordo com ela. Isso facilitava as coisas.

– Eu faço cosquinha na barriga do bichinho – disse Bast. – Se ele piscar pra mim, sei que é menina.

A resposta pareceu satisfazer Viette, que assentiu com gravidade.

– Como posso convencer meu pai a me deixar ficar com ela?

– Você já pediu a ele com educação?

Ela fez que sim com a cabeça.

– Papai odeia gatos.

– Já gritou e fez um escândalo?

Ela revirou os olhos e deu um suspiro exasperado.

– Já tentei *tudo* isso, ou não estaria aqui.

Bast pensou alguns segundos.

– Ok. Primeiro: arrume um pouco de comida que dure alguns dias. Biscoitos. Maçãs. Nada com cheiro forte. Esconda a comida em seu quarto, onde ninguém possa encontrá-la. Nem sua governanta. Nem mesmo a empregada. Você tem um lugar assim?

A menininha assentiu.

– Em seguida, peça a seu pai mais uma vez. Seja boazinha e educada. Se ele continuar dizendo não, não fique furiosa. Diga apenas que você ama a gatinha. Diga que, se não puder ficar com ela, você tem medo de ficar tão triste que pode morrer.

– Mesmo assim, ele vai dizer não – declarou a menina, cheia de espírito prático.

Bast deu de ombros.

– É provável, mas agora vem a segunda parte. Hoje, no jantar, não coma nada. Nem mesmo a sobremesa.

A menininha ia dizer alguma coisa, mas Bast levantou um dedo para detê-la.

– Se alguém perguntar, diga apenas que não está com fome. Não fale da gatinha. Quando estiver sozinha no seu quarto à noite, coma um pouco da comida que escondeu.

A menina parecia pensativa. Bast continuou:

– Amanhã, não se levante da cama. Diga que está muito cansada. Não tome o café da manhã. Não almoce. Você pode beber um pouco de água, mas só uns golinhos. Só fique deitada na cama. Quando perguntarem qual é o problema…

O rosto da menina se iluminou.

– Eu digo que quero minha gatinha!

Bast balançou a cabeça, com uma expressão séria.

– Não, isso estragaria tudo. Diga apenas que está cansada. Se a deixarem sozinha, você pode comer alguma coisa, mas tenha cuidado. Se alguém a pegar, você nunca terá a gatinha.

A menina agora estava com as sobrancelhas franzidas, escutando com toda a atenção.

– Pela hora do jantar, eles estarão preocupados. Vão oferecer mais comida. Suas preferidas. Continue dizendo que não está com fome. Você só está cansada. Fique na cama. Em silêncio. Faça isso o dia todo.

– Posso levantar para fazer xixi?

Bast concordou com a cabeça.

– Mas lembre-se de agir como se estivesse cansada. Nada de brincadeiras. No dia seguinte, eles estarão apavorados. Vão chamar um médico. Vão tentar servir um caldo. Vão tentar de tudo. Em algum momento seu pai estará lá, e vai perguntar qual é o problema – disse Bast, sorrindo. – É aí que você começa a chorar. Nada de berreiro. Nada de choradeira. Apenas lágrimas. Você consegue fazer isso?

– Consigo.

Bast levantou uma sobrancelha.

A menininha revirou os olhos e deu um suspiro exasperado de alguém que era dez anos mais velho que ela. Em seguida, olhou fixamente para Bast. Piscou, piscou de novo, e de repente seus olhos se encheram de lágrimas, que começaram a escorrer pelo rosto dela.

Sendo um artista, Bast admirava o talento natural quando o observava. Ele bateu palmas efusivamente, seu rosto solene como o de um juiz.

Viette fez uma leve mesura em agradecimento, seca como a saudação de um esgrimista.

– E eu nem fiz beicinho – disse ela.

– Tenho certeza de que o beicinho é arrasador – comentou

Bast, sem sinal de zombaria. Em seguida continuou: – Então você fica lá deitada, apenas as lágrimas. Não diga nada até que seu pai pergunte. Aí você diz que sente falta da gatinha. Lembre-se de que você está supostamente fraca. Não come há dias. Apenas chore e diga que sente tanta falta da gatinha que não quer mais continuar vivendo.

A menininha pensou em tudo aquilo por um instante, acariciando a gatinha, meio distraída. Por fim, concordou com a cabeça.

– Certo – disse ela, virando-se para ir embora.

– Espere aí! – disse Bast rapidamente. – Eu dei duas respostas e um modo de ficar com a sua gatinha. Você me deve três coisas.

A menina olhou ao redor; sua expressão era uma estranha mistura de surpresa e embaraço.

– Eu não trouxe dinheiro – disse, sem olhar para ele.

– Dinheiro, não – disse Bast. – Você paga com favores, trabalhos, segredos...

Ela pensou um instante.

– Meu pai esconde a chave do cofre dele no relógio da lareira.

Bast fez um aceno de aprovação com a cabeça.

– Esse é um segredo.

A menininha ergueu os olhos para o céu, ainda acariciando a gatinha.

– Uma vez vi minha mãe beijar a empregada.

Bast levantou ligeiramente a sobrancelha ao ouvir aquilo.

– Esse é o segundo.

A menina colocou o dedo no ouvido e o cutucou.

– Acho que não tem mais nada...

– Que tal um favor, então? – sugeriu Bast. – Eu preciso que me traga uma dúzia de margaridas com caules compridos. E uma fita azul. E duas braçadas de marias-desonestas.

Viette fez uma expressão confusa.

– O que é uma maria-desonesta?

– É uma flor – respondeu Bast, ele mesmo parecendo confuso. – Talvez você as chame de balsaminas? Crescem por todo lugar aqui – disse ele, fazendo um gesto amplo com as mãos.

– Você quis dizer gerânios?

Bast balançou a cabeça.

– Não! Elas têm pétalas soltas, e são mais ou menos deste tamanho – explicou ele, fazendo um círculo com o polegar e o dedo do meio. – São amarelas, vermelhas e laranja...

A menina ficou olhando para ele, com uma expressão vazia.

– A viúva Creel tem dessa flor nas floreiras das janelas – continuou Bast. – Quando você toca as vagens, elas estouram.

O rosto de Viette se iluminou.

– Ah, você está falando das *marias-sem-vergonha* – disse ela, num tom bastante condescendente. – Posso trazer um monte dessas flores. Isso é *fácil* – declarou ela, virando-se para descer a colina.

Bast a chamou antes que ela tivesse dado seis passos.

– Espere!

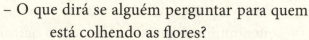

Quando ela se virou, ele perguntou:

– O que dirá se alguém perguntar para quem está colhendo as flores?

Ela revirou os olhos mais uma vez.

– Eu vou responder que isso não é da conta deles – respondeu ela, imperiosa. – Porque meu pai é o prefeito.

Depois que Viette se foi, Bast se deitou na grama da colina e fechou os olhos. Mal cochilou quinze minutos quando um assobio agudo cortou o ar. Não era alto, mas o som fez Bast se sentar ereto tão depressa como se tivesse ouvido um grito.

O assobio veio de novo, e Bast se viu de pé como uma marionete que tem um fio amarrado em torno do coração. Ele lutou contra o impulso de correr feito um cão que é chamado para jantar. Forçou-se a se espreguiçar e movimentar o pescoço, passando os dedos pelo cabelo ainda úmido.

Olhando do alto da colina, Bast não viu nenhuma criança esperando na pedra cinzenta. Ele observou durante um momento e, para alguém tão míope quanto supostamente era, não teve dificuldade em visualizar a figura franzina em pé nas sombras das árvores a uma distância de sessenta metros.

Bast desceu a colina apressado, passando pelo gramado e sob as sombras levemente cambiantes da mata. Um menino mais velho estava parado ali. Seu rosto magro era anguloso e encardido, um pouco suavizado por um nariz pequeno e meio achatado. Estava descalço, tinha o cabelo revolto e, à medida que Bast se aproximava, ele mudava de posição com a energia ansiosa de um cachorro sem dono, em parte desafiador e em parte pronto para sair correndo.

– Rike – disse Bast, numa voz que em nada se assemelhava ao tom amigável e brincalhão que usava com as outras crianças da cidade. – Como está a estrada para Tinuë?

– Esse lugar maldito é muito longe daqui – respondeu o menino num tom amargo, sem encarar Bast. – A gente mora pra lá do fim do mundo.

– Estou vendo que está com o meu livro.

O menino estendeu a mão, fazendo a manga de sua camisa

subir um pouco, revelando mais um pouco do braço magro e encardido.

– Eu não tava tentando roubar ele – murmurou o menino. – Só precisava conversar com você.

Bast olhou o livro, com uma cara zangada. Embora com quase toda a certeza fosse um tolo, não era do tipo que se importava com ninharias. Ele teve a impressão de que o sol entrou atrás de uma nuvem no exato momento em que apanhou o livro da mão de Rike. Em seguida, franziu o cenho ao sentir o peso do volume.

– Não quebrei as regras – disse Rike, ainda fitando o chão. – Eu nem vim até a clareira. Mas preciso de ajuda. E eu vou pagar.

Bast queria dizer não. Em vez disso, falou:

– Você mentiu pra mim, Rike.

– E não paguei por isso? – indagou o menino, com o ódio ressoando em sua voz taciturna. – Não paguei por isso dez vezes mais? Minha vida já não era uma merda o bastante? Precisava ter mais uma camada por cima?

– E nós dois sabemos que você já passou da idade – disse Bast, num tom amargo.

– Não passei, não! – retrucou o menino, batendo o pé no chão, depois trincando os dentes e respirando fundo, num esforço visível de se controlar. – Tam é um ano mais velho que eu e ainda pode chegar até a árvore. É só que eu sou mais alto que ele.

– Não é culpa minha se você

quebrou as regras, menino – disse Bast e, embora sua expressão continuasse a mesma, havia um toque de ameaça em sua voz.

Rike levantou bruscamente a cabeça, com os olhos flamejantes.

– Não sou seu menino! – protestou ele num rosnado, o ódio extravasando de suas palavras. – E não é culpa minha se suas regras são um monte de merda! – completou ele, numa voz cheia de desprezo. – Eu nem sei por que me incomodo com você.

Rike botou o dedo na cara de Bast, gritando numa fúria que revelava seus dentes.

– Todo mundo sabe que você não vale nada! – berrou ele, e seus olhos estavam arregalados e furiosos como os de um cão raivoso, tão furiosos que ele estava quase cego quando continuou a falar: – Você é um bastardinho sem valor, e merece levar mais surras do que já leva normalmente!

Fez-se um longo silêncio, apenas interrompido pela respiração entrecortada do menino. Os olhos de Rike se fixaram no solo de novo, e seus punhos se fecharam. Ele estava tremendo.

Bast estreitou um pouquinho os olhos.

– Só... – A voz do menino cessou, e ele engoliu em seco. – Só um – continuou ele numa voz rouca, como se tivesse machucado a garganta de tanto gritar: – Só um favor. Só desta vez. Pago qualquer coisa. Pago três vezes mais.

Rike abriu os punhos num esforço visível. Ainda estava tremendo, mas todo o ódio se fora.

– Só uma vez... por favor!

Com os olhos ainda fixados no solo, ele deu um hesitante meio passo para a frente. Estendeu uma mão, que ficou ali parada no ar. Rike então segurou timidamente a manga da camisa de Bast, puxando-a uma vez antes de baixar o braço. Sua voz estava fina como uma flauta rachada.

– Bast, por favor!

Ao ouvir Rike pronunciar seu nome, Bast começou a suar frio. Sentiu-se fraco como papel molhado. Como se seus pulmões estivessem cheios de água. Como se seus ossos fossem de ferro frio. Como se o sol tivesse se apagado no céu.

De repente, tudo voltou ao normal. Bast apoiou a mão em uma árvore próxima. Sentiu a casca áspera do pinheiro na ponta dos dedos. Fez um esforço para respirar, mas percebeu que já estava respirando. Deu meio passo para se afastar do rapaz, para ficar fora do alcance do braço dele... e ficou surpreso por suas pernas aguentarem seu peso.

Rike ergueu os olhos cheios de lágrimas. Seu rosto se contraía num nó de ódio e medo. Um menino novo demais para não chorar, mas maduro o suficiente para se odiar por não conter o choro.

– Não consigo resolver isso sozinho.

Bast respirou fundo mais uma vez, soltando o ar em seguida.

– Rike...

– Preciso que me ajude a me livrar do meu pai – disse o menino com uma voz trêmula. – Não consigo achar um jeito. Eu poderia esfaquear ele enquanto está dormindo, mas minha mãe ia descobrir. Ele bebe e bate nela. E ela chora o tempo todo, e depois a coisa ainda piora.

Bast ficou imóvel. Perfeitamente imóvel, como se estivesse prestes a ceder.

Mas Rike estava com os olhos no chão de novo, as palavras jorrando dele num jato:

– Eu podia pegar ele quando estivesse bêbado em algum lugar, mas ele é tão grande! Depois eu não conseguiria carregar o corpo. Eles o encontrariam e o juiz viria me pegar. Não ia conseguir olhar nos olhos da minha mãe depois disso. Não se ela soubesse. Não consigo pensar no que isso causaria a ela, se soubesse que eu sou o tipo de pessoa que mata o próprio pai.

Ele o encarou mais uma vez, os olhos furiosos e vermelhos pelo choro. Quando falou, sua voz estava fria e inexpressiva.

– Mas eu faria isso, apesar de tudo. Eu o mataria. Só preciso de sua ajuda.

Houve um momento de silêncio entre eles, menor que um respiro.

– Ok – disse Bast.

SOL A PINO: OBRIGAÇÃO

Rike precisava de um momento para se recompor, ou pelo menos foi isso que Bast supôs. O que o menino efetivamente disse antes de correr para dentro do matagal era que precisava se encontrar com um homem para resolver alguma coisa a respeito de um cavalo.

Bast suspirou como uma criança na igreja e ergueu os olhos para o sol. As rodas sempre em movimento de seu desejo não paravam porque algum lavrador bebia demais. Ele já fora obrigado a fazer muito naquele dia. Emberlee logo iria tomar seu banho. Ele precisava de cenouras para o cozido...

Mas essa dívida pendente para com o menino era como um espinho atravessado em sua língua. E isso acontecia quando Rike estava longe. Com ele perto, a sensação era mais como a de uma navalha recém-afiada e pressionada contra sua garganta. O menino não sabia que segurava a navalha, mas isso não tranquilizava Bast em nada.

E como se a situação não estivesse complicada o bastante, o menino havia traído a confiança de Bast antes. Isso não era pouca coisa.

Antes de vir para aquele lugar com seu mestre, Bast teria se divertido com a traição do menino. A vingança era um desejo tão simples e tosco. Gratificante, limpo como o fogo. Havia um tipo de alegria obscura e cruel que se originava em ir à forra com tanta firmeza que queimava uma vida mortal até as cinzas.

Em vez disso, pela primeira vez, Bast descobriu que não estava livre para fazer esse tipo de coisa. Ou melhor, estava livre para escolher entre os desejos. Optar pela doce e terrível vingança que o outro merecia… ou continuar servindo a seu mestre. Manter suas máscaras intactas e permanecer ali, resguardados dentro da pousada construída há pouco, escondidos naquela pacata cidadezinha.

Dessa forma, no último verão, Bast escolhera ir contra seu desejo, um ato tão natural quanto arrancar a própria língua. De fato, ele ainda havia punido Rike por sua traição. De fato, ele tinha tramado uma vingança astuta, silenciosa e cruel. Mesmo assim, para Bast, isso era como ter fome de carne e ter que comer mingau. Era como saciar a vontade de tomar vinho lambendo sua sombra numa parede.

E essa, ao que parecia, era a recompensa de Bast por demonstrar tamanho autocontrole e agir contra seus desejos naturais: o menino que ele havia poupado agora o tinha sob seu controle.

Mas o favor que Rike pedia… poderia ser um pouquinho de sorte oculta. Se Bast agisse rápido, havia uma chance de ele se libertar antes que a catástrofe se abatesse. O que não acontecera por pouco na mata, instantes atrás.

Suspirando de novo, Bast olhou ao redor distraído até que

Rike saiu do matagal amarrando as calças. Sem dizer nada, ele se virou e foi à frente do menino, afastando-se da mata, passando pela clareira, de novo rumo à colina. Bast chegou até a pedra cinzenta. Não havia crianças à espera, e assim ele parou e se virou para Rike.

– Me diga exatamente o que quer – disse ele, apoiando-se na borda da grande pedra aquecida pelo sol. – Você quer matá-lo? Ou só que desapareça?

Com os olhos ainda vermelhos, Rike contraiu o corpo diante da pergunta, colocando as mãos nos bolsos.

– Ele sumiu por duas semanas um ano atrás – declarou Rike, e um laivo de sorriso apareceu em seu rosto encardido. – Foi um tempo bom, só mãe, Tess e eu. Era como meu aniversário todos os dias quando eu acordava e ele não estava lá. Não fazia ideia de que minha mãe sabia cantar...

O menino ficou quieto de novo.

– Achei que ele tinha caído de bêbado em algum lugar e quebrado o pescoço – continuou ele. Agora o sorriso se fora. Rike esfregou os olhos, depois cuspiu na grama: – No fim das contas, ele tinha trocado um monte de peles por dinheiro para a bebida. Ficou lá na cabana de caça, naquele estupor da bebedeira, durante quinze dias.

Rike tirou as mãos dos bolsos, ficou sem saber o que fazer com elas e as colocou de volta. Depois balançou a cabeça.

– Não, eu não dormiria nunca se ele apenas fosse embora, com medo de que voltasse – disse Rike, e depois ficou calado por uns segundos. – Não – repetiu, com mais firmeza. – Não, se ele for embora, sei que vai voltar.

– Posso encontrar um jeito – disse Bast. – Mas você precisa me dizer exatamente o que quer.

– Precisa ser logo – respondeu Rike, com um fio de pânico profundo na voz. – Que diferença isso faz?

Erguendo os olhos para o sol, Bast suspirou. Algumas coisas não podiam ser facilmente ignoradas.

Mas algumas coisas não podiam ser facilmente esquecidas.

Agindo contra os próprios instintos, Bast pegou o saco de couro e tirou um embril dele. Depois, sem dizer uma palavra, ele jogou o saco aberto para o menino.

Rike parecia confuso, mas, após uma breve busca, retirou a mão do saco e mostrou o pedaço de pedra que tinha uma corrente gravada. Desta vez não havia o brilho dourado, apenas o cinza prateado do ferro.

Bast abriu a mão, revelando um disco tosco de obsidiana. A superfície não tinha grafismos. Mas uma borda estava lascada e, quando os dois olharam para o disco, viram o sangue brotar de repente em uma linha vermelha viva onde a pedra havia cortado a palma da mão de Bast.

Fazendo uma careta, Bast bufou ressentido e revirou os olhos, como se o mundo tivesse contado uma piada longa, tortuosa e sem graça. Ele estendeu o saco num gesto brusco; após um breve instante, começou a sacudi-lo irritado, porque Rike não tinha imediatamente jogado o pedaço de pedra lá dentro.

Depois que Rike fez isso, Bast recolocou os embris no bolso e olhou o menino nos olhos.

– Qual é o nome do seu pai?

– Jessom – respondeu Rike, com a expressão de quem experimentava alguma coisa amarga.

– Supondo que a gente consiga chegar a um acordo e que seja logo, o que você quer? Quer que ele morra ou desapareça?

Rike ficou parado por um longo tempo, contraindo e descontraindo a mandíbula.

– Que ele desapareça – disse ele finalmente. As palavras pareciam estar presas em sua garganta. – Contanto que ele desapareça *para sempre*. Se você realmente conseguir fazer isso.

– Eu consigo – disse Bast calmamente.

Rike olhou para Bast, depois voltou os olhos para as próprias mãos.

– Que ele desapareça, então. Eu o mataria, mas esse tipo de coisa não é certa. Não quero ser esse tipo de homem. Um homem não deveria matar o próprio pai.

– Eu posso fazer isso para você – comentou Bast, tranquilo, como se os dois estivessem trocando tarefas. – Sem sangue nas suas mãos, portanto.

Rike ficou parado uns segundos, depois balançou a cabeça.

– Dá na mesma, não é? De qualquer forma, sou eu. E sendo eu, seria mais honesto se eu fizesse a coisa com minhas mãos, em vez de fazê-la com minha boca.

Bast deu de ombros, ignorando a questão.

– Certo, então. Desaparecer para sempre?

– Desaparecer para sempre – respondeu Rike, e engoliu em seco. – E quanto isso vai custar?

– Um monte – disse Bast. – Não serão pãezinhos nem botões. Pense em quanto você quer isso. Pense em como isso é grande – disse ele, encarando o menino magro, sem desviar os olhos dele.

– Esse tanto, multiplicado por três. É isso que ficará me devendo. E um extra, pela urgência – disse ele, ainda olhando para o menino. – Pense muito bem nisso.

Rike ficou um pouco mais pálido depois de ouvir aquilo. Seus olhos estavam vidrados e sua boca era uma linha em seu rosto.

– Qualquer coisa – respondeu ele. – Mas nada que seja da minha mãe. Não sobrou muita coisa para ela que o meu pai não tenha gastado em bebida.

Bast examinou o menino de alto a baixo.

– Você é meu até que eu diga que estamos quites. Segredos, favores, qualquer coisa… – ordenou Bast, lançando-lhe um olhar frio. – Esse é o trato.

Rike ficou ainda mais pálido que antes, mas concordou.

– Contanto que seja só eu. Nada da minha mãe nem de qualquer coisa que tenha a ver com ela. E *precisa* ser logo – disse Rike. – Ele está ficando pior. Eu posso fugir, mas minha mãe não pode. E a pequena Bip também não pode. E…

– Entendi, entendi – disse Bast, interrompendo o outro, irritado. – Sim, sim, logo.

Bast andou em volta da pedra cinzenta descrevendo um círculo, e em seguida começou a subir para o topo da colina, acenando para que Rike o seguisse. Os dois subiram em silêncio durante um minuto. O sol entrou atrás de uma nuvem, tornando o suave dia de verão de repente frio e nublado.

Bast chegou ao topo da colina com Rike atrás dele pela primeira vez em mais de um ano. Juntos, eles se postaram ao lado do tronco branco da árvore do raio. O vento soprou um pouco mais forte, agitando o cabelo preto de Bast enquanto o sol saía de trás da nuvem, lançando seus raios mornos e amarelos sobre tudo.

Bast levantou a mão, cuja palma reluziu, vermelha de sangue. Ele a pressionou fortemente contra o tronco descascado. Disfarçadamente, jogou o pedaço lascado de obsidiana para Rike.

Rike apanhou o embril com facilidade e, sem hesitar, fez um corte abaixo dos quatro dedos. O sangue brotou e Rike se aproximou, pressionando a mão contra o tronco morno e liso.

Os dois permaneceram ali, um alto, outro baixo. Cada um em pé no próprio lado, com seus braços estendidos. Para alguém de fora, parecia que estavam suspendendo a árvore partida.

Bast olhou nos olhos do menino.

– Você quer fazer um pacto comigo?

Rike assentiu.

– Então diga – falou Bast.

Rike disse:

– Quero fazer um pacto.

Bast moveu a cabeça muito de leve.

– Diga: "Bast, eu quero que faça um pacto comigo."

Rike respirou fundo antes de continuar:

– Bast – disse ele com uma solenidade tão mortalmente severa que um sacerdote o invejaria –, por favor, eu quero que faça um pacto comigo.

Rike ficou observando enquanto Bast inclinava a cabeça. O corpo do homem alto estremeceu de leve, como se de repente estivesse carregando algum fardo insuportavelmente pesado.

Bast tomou fôlego e se recompôs. Seus cuidadosos passos descreveram um círculo em torno da árvore, mas de alguma forma ele continuou bem ali onde estava antes. Rike piscou, como se não tivesse certeza do que vira.

Bast deu uma volta, num movimento semelhante ao giro saltitante de um dançarino, mas de alguma forma ficou imóvel e manteve uma mão no tronco quebrado ao lado dele. Rike piscou, depois de novo. O ponto onde Bast estava oscilou, ondulando como uma estrada plana em um ofuscante dia de verão.

Com cuidado, Bast fez um suave círculo com a mão e se

esforçou para não sorrir. A cada dia ele fazia daquele local o seu lugar. Tecendo-o forte. Desgastando-o pelo uso.

Bast inspirou o ar de forma profunda, desimpedida, e sentiu os limites do mundo começarem a deslizar e se dobrar. Veio o cheiro de madeira partida e em chamas. O sol cintilava no céu. A sombra sob os vastos e esparramados ramos do carvalho era escura como a noite. Apareceram as estrelas.

Bast sorriu como se o tempo começasse a se alterar e quebrar sob o peso de seu desejo. O ar estava parado. Seus olhos estavam escuros e terríveis. Nesse momento, gracioso como um dançarino, ele levantou a perna para dar um passo...

<hr />

... e Bast chegou ao topo da colina com Rike pela primeira vez naquele dia. De novo. Eles chegaram lá pela primeira vez e de novo. E juntos caminharam para se postarem ao lado do tronco nu da árvore do raio. O sol estava morno como mel. O vento agitava a grama alta, que lambia as pernas deles.

Bast se virou para olhar Rike nos olhos e assentiu com ar sério.

– Me ajude a conseguir que meu pai vá embora – pediu Rike. – Para sempre. Para que minha mãe nunca mais tenha que vê-lo de novo.

Bast pressionou a palma da mão ensanguentada contra a brancura imaculada do tronco.

– Que vá embora para sempre – concordou ele. – E logo.

– Você me faz esse favor – disse Rike – e eu ficarei em dívida. Vou trabalhar pa...

– Não – interrompeu Bast com uma voz que pareceu uma barra de chumbo. Ele jogou o pedaço afiado de obsidiana para Rike, o pôr do sol vermelho brilhando feito sangue ao longo da borda quebrada. – Faço isso e você é *meu* até que eu diga o contrário.

Rike engoliu em seco.

– Eu juro – disse ele, cortando a palma da mão abaixo do polegar. O tronco branco da árvore do raio se cobriu de vermelho do pôr do sol quando ele pressionou a mão ensanguentada contra ele.

– Você o faz ir embora para um lugar tão distante que a sombra dele nunca poderá se projetar através de um caminho onde minha mãe tiver que pisar.

━◆━

Bast conduziu Rike para que tomassem seus lugares junto à árvore do raio, pela primeira vez e de novo. O vento soprou fresco contra eles, secando o suor de suas testas. A pele de Bast parecia mais pálida na luz que esmorecia, como se refletisse a luz da lua crescente que pairava no céu.

Rike cambaleou levemente e se equilibrou apoiando a mão na lateral da árvore do raio. Ele pôde sentir a umidade reter de leve sua mão enquanto a madeira fria e seca absorvia seu sangue.

Bast pressionou sua mão contra a lateral clara da árvore.

– Faço isso, e possuo você até a medula de seus ossos – declarou, seus olhos ficando do mesmo tom púrpura do céu crepuscular atrás dele. – Eu peço seu polegar? Você corre para me trazer uma faca de desossar. Teve um doce sonho tarde da noite? Você o embrulhará, colocará um laço e o trará imediatamente para mim de presente.

– Eu juro – disse Rike tremendo no frio ar da noite. Ele cortou sua mão. Sua mão foi pressionada mais uma vez contra a árvore. Bast lhe entregou o embril, e ele o apanhou. – Faça isso para que ele vá embora e nunca mais volte – continuou Rike, lambendo os lábios. – Mas deixe-o com vida, embora meu coração queira que ele morra.

Rike chegou ao topo da colina pela primeira vez em mais de um ano para encontrar Bast, que o esperava de pé no escuro ao lado da árvore do raio. O vento era cortante, o embril que ele segurava parecia mais frio que uma lasca de gelo. A lua pairava bem acima deles, nítida e brilhante.

Rike furou seus dedos, um por vez. Sua mão parecia incrivelmente branca à luz do luar. Cada gota de sangue era perfeitamente preta.

– Ela nunca mais terá que olhar para ele de novo – disse Rike. – Tess nunca mais terá que se esconder quando ouvir passos pesados junto à porta. A pequena Bip nunca aprenderá o nome dele. Ele sumirá até que todos nós esqueçamos a cara dele para sempre, até mesmo quando sonharmos – continuou ele, tocando a árvore com seus dedos e os sentindo gelar, grudar e queimar, como quando tocava a alavanca da bomba de água nos dias mais frios do inverno.

– Eu faço isso, e nunca mais deverei a você outra coisa – disse Bast, e seus olhos vazios brilharam como as estrelas espalhadas na perfeita escuridão do céu acima deles. – Qualquer dívida ou obrigação será saldada. Qualquer presente que me deu não implicará mais nenhum vínculo. Em vez disso, se tornará um presente dado de graça, oferecido sem obrigação, empecilho ou vínculo.

– Você faz isso e estamos quites – disse Rike. – Qualquer coisa que disser, eu farei. Mas nada contra minha mãe, Tess ou a pequena Bip. Só devo o que é meu, esse é o trato.

Bast estendeu o braço e suavemente passou a palma da mão pela borda branca e afiada da lua e a pressionou contra a árvore ao seu lado.

– Ele vai embora para sempre, vivo ainda, e logo. Juro por meu sangue e meu nome. Juro pela lua semovente – pronunciou Bast, e sua pele parecia quase brilhar na escuridão. – Aqui, neste lugar, entre a pedra e o céu, juro a você três vezes e está feito.

Rike se afastou da árvore. Estendeu um braço, como se tentasse recobrar o equilíbrio, mas seu corpo não estava oscilando inseguro. Ele também não se sentia tonto, embora fechasse os olhos e respirasse fundo enquanto apoiava as mãos na superfície morna da pedra cinzenta, onde estava sentado.

Bast lambeu o sangue da palma de sua mão, observando Rike como um gato. O sol surgiu de trás de uma nuvem, aquecendo os dois enquanto o vento formava ondas de sussurros através da grama alta.

Rike balançou os pés umas duas vezes, distraidamente, depois deu um salto curto para pousar na grama abaixo da pedra onde estava sentado.

– Então, por onde começamos?

– Primeiro, deixe-me ver sua mão – disse Bast.

– Por quê? – perguntou Rike, confuso.

Bast inclinou a cabeça um centésimo de centímetro e lançou para o menino um olhar de perfeita, pura e impassível calma.

Rike empalideceu e deu um passo à frente na mesma hora, apresentando as mãos. Bast estendeu seu braço cautelosamente, primeiro tocando as costas da mão do menino com um único dedo. Nada. Segurou suavemente o punho de Rike em seguida. Depois, aparentemente ganhando confiança, Bast pegou as duas mãos e as virou com a palma para cima. Estavam encardidas, como se o menino tivesse subido em pedras ou árvores. Havia alguns arranhões e velhas cicatrizes, mas isso era tudo.

Com ar de satisfeito, Bast soltou as mãos do menino, que penderam dos lados do corpo dele. Bast se controlou para não limpar as próprias mãos nas calças.

– Em segundo lugar, encontre Kostrel – orientou ele. – Diga a ele que tenho uma parte do que lhe devo.

Por meio segundo, pareceu que Rike ia dizer algo. Mas simplesmente assentiu.

Bast deu um sorriso malicioso e demonstrou sua aprovação.

– Em terceiro lugar, vem o amuleto – disse Bast, apontando para o rio. – Vá procurar uma pedra de rio com um furo no meio. Em seguida, traga-a para mim.

– Uma pedra de fada? – perguntou Rike de repente.

Bast precisava cortar aquele mal pela raiz.

– Pedra de fada? – disse ele num tom tão sarcástico que Rike ficou vermelho. – Você já está grande demais para falar esse tipo de besteira – continuou Bast, lançando um olhar cortante para o menino. – Você quer que eu ajude ou não?

– Quero – respondeu Rike bem baixinho.

– Então me traga uma pedra de rio – disse Bast, apontando imperiosamente na direção do riacho ali perto. – Além disso, tem que ser você a encontrá-la. Não pode ser ninguém mais. A pedra não pode ser trocada. E você precisa pegá-la do jeito certo para poder usá-la como um amuleto: seca na margem, onde o sol a tenha tocado, e o furo voltado para o céu.

Rike concordou com a cabeça.

Bast bateu uma mão na outra uma vez, com força. Produziu um barulho semelhante a um minúsculo trovão. Rike saiu correndo como um cão atrás de uma lebre.

Deitando-se no solo, Bast arrancou uma haste de grama e a mordiscou. Coçou o peito preguiçosamente, deliciado com a claridade ali. Verdade, ele tinha um trato que era obrigado a cumprir. E Rike insistira bastante no "logo", portanto precisava cuidar disso naquele mesmo dia. E, sim, ele já tinha outros planos, e isso iria complicá-los...

Mas quem não gostava de um pouco de desafio de vez em quando? E se ele tivesse um pouco mais atarefado, que dia seria melhor que o solstício de verão para encaixar o extra? Bast teria pagado dez

vezes o preço para se livrar do domínio do menino. Cinquenta vezes. Ele sorriu como um gato que sabe qual janela da fábrica de lati-
cínios está destravada. Ainda havia trabalho pela frente, mas, sendo
um artista, Bast sentia certa satisfação com o que havia começado.

APÓS O MEIO-DIA: QUIETUDE

Não havendo crianças aguardando, Bast foi lançar pedras na superfície do riacho ali perto. Quase acertou uma rã. Folheou as páginas do *Celum Tinture*, observando as ilustrações. Calcificação. Titulação. Sublimação. Pegou um par de embris, depois ficou um longo tempo tentando entender o pareamento das Balanças Vazias e a Árvore de Inverno.

Feliz da vida por ter se livrado da surra, e com uma mão bem protegida num curativo, Brann trouxe para ele dois pãezinhos recheados com geleia embrulhados em um fino lenço branco. Bast comeu o primeiro e guardou o segundo.

Viette trouxe braçadas de flores e uma bela fita azul. Bast entrelaçou as margaridas, fazendo uma coroa, depois trançou a fita com os caules num padrão complexo.

Por fim, olhando para o sol, percebeu que estava quase na hora.

Tirou a camisa e a forrou com uma profusão de marias-sem-vergonha vermelhas e amarelas. Acrescentou a coroa e o lenço, depois embrulhou as flores numa trouxa, que pendurou numa vara, de modo que pudesse carregar tudo sem correr o risco de amassá-las.

Ele passou pela Velha Ponte de Pedra e depois subiu na direção das colinas e contornou uma falésia até encontrar o lugar que Kostrel havia descrito. Era um ponto bastante escondido. A correnteza descrevia uma curva, formando um rodamoinho numa bela piscina natural, perfeita para um banho solitário.

Bast foi andando pela margem, na direção oposta à correnteza, olhando com atenção para a água à medida que avançava. Foi forçado a contornar um trecho de solo pantanoso, em seguida uma saliência de pedra, depois encontrou uma impenetrável touceira de framboesas selvagens que o forçou a voltar. Fez o caminho de volta, seguindo a correnteza na direção da Velha Ponte de Pedra. Dessa vez, atravessou e começou a subir de novo, explorando a outra margem.

Enfrentou menos obstáculos pelo segundo caminho, e pôde ficar mais perto do riacho. Ele observava a água com atenção, jogando nela uma folha, um pedaço de casca de árvore, um tufo de grama. Olhava também o sol. Ouvia o vento. Subiu e desceu a margem correndo, repetidas vezes.

Por fim, ou ele achou o que procurava ou apenas se entediou. Voltando para a piscininha isolada e protegida pela sombra, ele se acocorou atrás de uns arbustos e quase caiu no sono, quando o ruído de um graveto se partindo e o trecho de uma melodia o despertaram de repente. Olhando para baixo, viu uma jovem fazendo seu cuidadoso trajeto, descendo a íngreme encosta até a beira d'água.

Silenciosamente, Bast se apressou correnteza acima com sua trouxa. Três minutos mais tarde, estava ajoelhado em um trecho da margem coberto por capim, onde ele havia depositado seu belo monte de flores.

Apanhou um botão amarelo, aproximou-o do rosto e, quando seu sopro atingiu as pétalas, elas mudaram para um azul delicado. Ele soltou a flor na água, observando enquanto a correnteza lentamente a levava.

Bast recolheu um punhado de ramalhetes, vermelhos e amarelos, e soprou neles de novo. Esses também se transformaram até assumirem um tom azul-claro vibrante. Ele os espalhou sobre a superfície da água. Fez isso três vezes mais, até não sobrarem mais flores.

Então, apanhando o lenço e a coroa de margaridas, correu acompanhando a correnteza, atravessou a ponte, e depois contornou e seguiu rumo à aconchegante e pequena concavidade sobre a qual se debruçava um olmo. Ele se movera tão rápido que Emberlee acabava de chegar à beira d'água.

Ligeira e silenciosamente, ele subiu no olmo. Mesmo com uma das mãos segurando o lenço e a coroa, escalou o tronco ligeiro como um esquilo.

Logo Bast estava deitado num galho baixo, escondido por folhas, com a respiração acelerada, mas não pesada. Emberlee estava tirando as meias para depositá-las cuidadosamente sobre uma sebe que havia ali perto. O cabelo dela era de um ruivo dourado, caindo em cachos indolentes. Seu rosto era doce e redondo, de um adorável tom rosa-claro.

Bast sorriu quando a viu olhar em volta, primeiro à esquerda, depois à direita. Então começou a desatar o cordão de seu corpete. Seu vestido era azul como a flor do milho, debruado de amarelo. Quando o estendeu sobre a sebe, ele ondulou e se agitou como a asa de um pássaro. Talvez alguma combinação fantástica de tentilhão e gaio.

Vestida apenas com sua combinação, Emberlee olhou mais uma vez ao redor: à esquerda, depois à direita. Então se desfez da combinação, num gesto fascinante. Jogou-a de lado e ficou ali de pé, nua como a lua. A pele clara era maravilhosamente cheia de sardas. Seus quadris amplos e deliciosos. Seus mamilos eram tingidos do mais pálido tom de rosa.

Ela correu para dentro da água, dando uma série de gritinhos por causa da água fria. Pensando bem, o som desses gritinhos não era nada semelhante ao piar de um corvo, embora pudesse, talvez, ser levemente parecido com o de uma garça.

Emberlee se lavou um pouco, espirrando água e tremendo. Esfregou um pedaço de sabão nas mãos e se ensaboou. Afundou a cabeça e veio à tona, ofegante. Molhado, seu cabelo encaracolado grudava nela, e era da cor de cereja madura.

Foi nesse momento que a primeira das marias-sem-vergonha azuis chegou, flutuando na água. A flor passou e ela a observou curiosa. Em seguida, começou a ensaboar o cabelo.

Mais flores chegaram. Vieram descendo a correnteza e formaram círculos em torno dela, presas no lento rodamoinho da piscina natural. Ela olhou para as flores, impressionada. Depois colheu um punhado e as trouxe para perto do seu rosto, inspirando profundamente para sentir o perfume delas.

Riu, deliciada, e se afundou na água, emergindo no meio das flores. A água fluiu por sua pele clara, mas as flores se grudaram nela, emaranhando-se no seu cabelo e colando em sua pele, como se relutassem em se soltar.

Foi aí que Bast caiu da árvore.

Ouviu-se um ruído desesperado de unhas tentando se agarrar à casca da árvore, uma espécie de ganido, em seguida ele aterrissou no chão feito um saco de batatas. Ficou ali deitado de costas na grama e soltou um gemido baixo e aflito.

Ele ouviu uma agitação na água, e então Emberlee apareceu acima dele. Estava segurando sua combinação branca na frente do corpo. Bast ergueu os olhos dali onde estava, caído na grama alta.

Fora uma sorte ele ter caído naquele trecho. Cerca de um

metro mais para um lado, téria se arrebentado contra as pedras. Um metro e meio para o outro lado, teria terminado chafurdando na lama.

Emberlee se ajoelhou ao lado dele; sua pele era clara, o cabelo, escuro. Um buquê pendia de seu pescoço. Era da mesma cor de seus olhos, um azul-claro vibrante.

– Ah – murmurou Bast alegremente enquanto erguia os olhos para ela. Os olhos dele estavam ligeiramente entorpecidos. – Você é muito mais bonita do que eu havia esperado.

Emberlee revirou os olhos. Mesmo assim, presenteou-o com um sorriso caloroso.

Ele levantou a mão, como se quisesse acariciar o rosto dela, mas acabou percebendo que segurava a coroa e o lenço amarrado.

– Ah! – exclamou ele, recordando. – Eu trouxe umas margaridas também. E um pãozinho doce!

– Obrigada! – disse ela, tomando nas duas mãos a coroa de margaridas. Para fazer isso, ela teve que soltar a combinação, que caiu com leveza sobre a grama.

Bast piscou, momentaneamente sem palavras.

Emberlee inclinou a cabeça para examinar a coroa. O laço era de um azul belíssimo, mas nem chegava perto da beleza dos olhos dela. Ela levantou a coroa com as duas mãos e a colocou orgulhosa na cabeça. Com os braços ainda erguidos, ela desceu os olhos até Bast e respirou fundo, num gesto deliberado.

Os olhos de Bast desviaram da coroa.

Ela lhe abriu um sorriso indulgente.

Bast inspirou com a intenção de falar, então parou e respirou fundo mais uma vez. Madressilva.

– Você roubou meu sabão? – perguntou ele, incrédulo.

Rindo e feliz, Emberlee se inclinou para beijá-lo.

Bast subiu as colinas ao norte da cidade, dando uma grande volta. Aquela subida era agreste e pedregosa. Não havia solo suficientemente profundo ou plano para o cultivo, o chão era muito traiçoeiro para o pastoreio.

Mesmo com as indicações do menino, foi difícil encontrar a destilaria de Martin Maluco. Ele era obrigado a dar os créditos àquele safado; entre os espinheiros, encostas escorregadias e árvores caídas, Bast nunca a teria encontrado por acaso. O que à primeira vista parecia uma espadela de salgueiro acabou se tornando a entrada de um valezinho minúsculo coberto de arbustos. No fundo do vale se via uma saliência acima de uma caverna rasa com três quartos de um barracão construído a partir dela.

Bast diminuiu o passo assim que viu a porta da frente do barracão. Tinha experiência em entrar e sair dos lugares que as pessoas queriam manter secretos. Assim, conhecia centenas de truques simples e maldosos usados para desencorajar aqueles que eram curiosos demais.

Bast sentiu o entusiasmo borbulhar dentro de si quando começou a buscar qualquer coisa que Martin tivesse armado para proteger sua destilaria. A maioria das pessoas demonstrava um razoável comedimento, sabendo que os xeretas mais prováveis eram os vizinhos. Uma coisa era montar uma armadilha que poderia deixar alguém machucado ou mancando, de modo que seria possível dizer quem tinha bisbilhotado. Mas ainda era preciso viver em comunidade, de modo que havia limites para o que a maioria das pessoas poderia fazer.

Só que Martin não era conhecido por ser uma pessoa comedida, nem agradável, muito menos desejosa de ser um membro pacífico da comunidade. Bast sabia disso melhor que ninguém: menos de um minuto após ter conhecido aquele homem gigante, havia jogado uma machadinha direto na cabeça de Bast antes de entrar intempestivamente, agitando os punhos, gritando alguma coisa sobre demônios e cevada. Bast teria gostado de escutar tudo com maior clareza, mas estivera ocupado correndo por entre as árvores como um coelho com uma brasa enfiada no traseiro.

Depois de obter algumas informações por aí, Bast descobriu que, embora aquela fosse uma atitude extrema, ela não era fora do comum para o grande urso que era Martin. Ele era considerado o melhor destilador e caçador em propriedades alheias, passatempos aos quais se dedicava abertamente, com uma flagrante desconsideração pelas regras do rei.

No entanto, apesar do fato de que ele vendia barato sua mercadoria e fabricava as melhores flechas da cidade, Bast logo descobriu que o que as pessoas mais apreciavam em Martin era que o homem dos olhos alucinados vinha para a cidade com pouca frequência, e suas visitas eram rápidas.

Dessa forma, Bast se viu sorrindo enquanto corria os olhos em torno do barracão. Quase não conseguia imaginar que tipos de salvaguardas um legítimo maníaco como Martin criaria para manter a salvo seus preciosos segredos.

Após meia hora de cuidadosas buscas, Bast ainda não tinha encontrado nada. Nada de arames para tropeçar e derrubar um grande pedaço de pedra na altura em que a trilha passava por um trecho estreito entre duas rochas. Nada de anzóis mergulhados em xixi e suspensos na altura do rosto, escondidos nos galhos. Nada de armadilha mortal ou balestra medieval. Nada de armadilhas de mandíbulas. Nada. Bast não achou nem mesmo uma corrente cheia de sininhos ou um buraco raso coberto com folhas secas.

Confuso e decepcionado, ele não esperava muita coisa quando finalmente entrou no barracão. Mas ao abrir a porta, ele ficou surpreso uma segunda vez.

O interior era o lugarzinho mais limpo e organizado que Bast já tinha visto. Flores e ervas secas pendiam em maços das vigas. Um tapete de grama entrelaçada cobria o chão. A destilaria não era

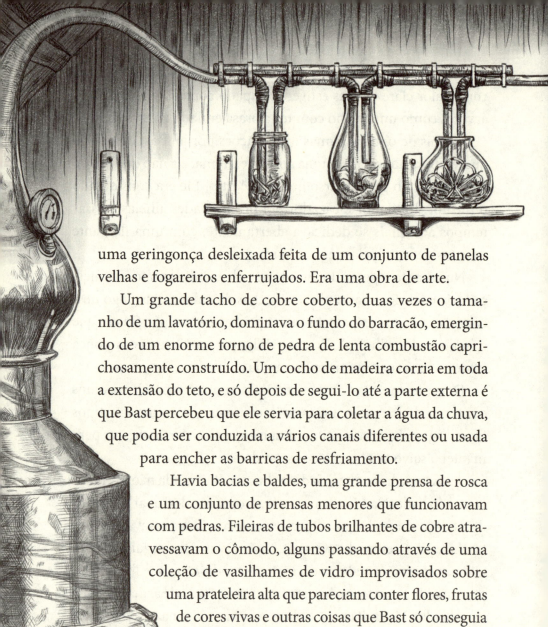

uma geringonça desleixada feita de um conjunto de panelas velhas e fogareiros enferrujados. Era uma obra de arte.

Um grande tacho de cobre coberto, duas vezes o tamanho de um lavatório, dominava o fundo do barracão, emergindo de um enorme forno de pedra de lenta combustão caprichosamente construído. Um cocho de madeira corria em toda a extensão do teto, e só depois de segui-lo até a parte externa é que Bast percebeu que ele servia para coletar a água da chuva, que podia ser conduzida a vários canais diferentes ou usada para encher as barricas de resfriamento.

Havia bacias e baldes, uma grande prensa de rosca e um conjunto de prensas menores que funcionavam com pedras. Fileiras de tubos brilhantes de cobre atravessavam o cômodo, alguns passando através de uma coleção de vasilhames de vidro improvisados sobre uma prateleira alta que pareciam conter flores, frutas de cores vivas e outras coisas que Bast só conseguia supor o que eram.

Observando as curvas e espirais de cobre que ligavam as barricas, garrafas e bacias, Bast sentiu uma vontade súbita de folhear o *Celum Tinture* para descobrir o nome de todas as diferentes peças da destilaria e para que serviam. Foi só nesse momento que percebeu que havia deixado

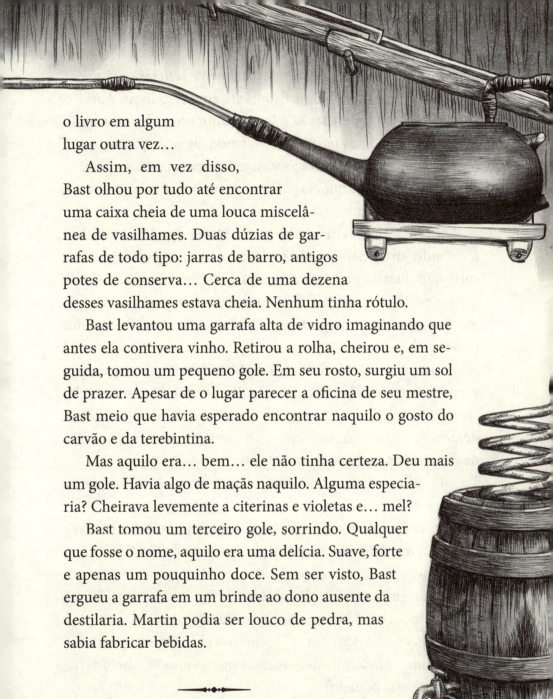

o livro em algum lugar outra vez...

Assim, em vez disso, Bast olhou por tudo até encontrar uma caixa cheia de uma louca miscelânea de vasilhames. Duas dúzias de garrafas de todo tipo: jarras de barro, antigos potes de conserva... Cerca de uma dezena desses vasilhames estava cheia. Nenhum tinha rótulo.

Bast levantou uma garrafa alta de vidro imaginando que antes ela contivera vinho. Retirou a rolha, cheirou e, em seguida, tomou um pequeno gole. Em seu rosto, surgiu um sol de prazer. Apesar de o lugar parecer a oficina de seu mestre, Bast meio que havia esperado encontrar naquilo o gosto do carvão e da terebintina.

Mas aquilo era... bem... ele não tinha certeza. Deu mais um gole. Havia algo de maçãs naquilo. Alguma especiaria? Cheirava levemente a citerinas e violetas e... mel?

Bast tomou um terceiro gole, sorrindo. Qualquer que fosse o nome, aquilo era uma delícia. Suave, forte e apenas um pouquinho doce. Sem ser visto, Bast ergueu a garrafa em um brinde ao dono ausente da destilaria. Martin podia ser louco de pedra, mas sabia fabricar bebidas.

Demorou mais de uma hora até que Bast estivesse de volta à árvore do raio. O *Celum Tinture* estava lá, tendo escorregado de uma pedra lisa para cair na grama, aparentemente sem ter sofrido danos. Pela primeira vez, Bast ficou feliz em ver o livro. Abriu-o no capítulo sobre destilação e leu durante cerca de meia hora, assentindo em várias passagens, voltando algumas páginas para observar diagramas e ilustrações. Aquela peça era uma serpentina condensadora. Sabia que ela parecia importante. E cara, já que era toda feita de cobre.

Por fim, fechou o livro e suspirou. Havia algumas nuvens se formando, então não seria bom deixar o livro desprotegido. Sua sorte não duraria para sempre, e Bast estremeceu só de pensar no que poderia acontecer se o vento derrubasse o livro na grama e as páginas se rasgassem. Ou se de repente chovesse um pouco...

Assim, Bast foi até a Pousada do Marco do Percurso e entrou sorrateiramente pela porta dos fundos. Andando com cautela, aproximou-se do bar, abriu um armário e colocou o livro lá dentro. Percorreu em silêncio meio caminho até a escada antes de escutar passos atrás de si.

– Ei, Bast – disse o hospedeiro, distraído. – Você trouxe as cenouras?

Bast congelou, tendo sido pego enquanto se movimentava furtivamente. Ele se recompôs e passou as mãos na roupa, meio desajeitado.

– Eu... eu não cuidei disso, Reshi.

O hospedeiro deu um suspiro profundo.

– Bast, eu não pedi um... – começou ele, interrompendo-se em seguida e farejando, depois encarou o rapaz de cabelo escuro. – Você está bêbado?

– Reshi! – exclamou Bast, sentindo-se ofendido.

O hospedeiro revirou os olhos.

– Ok, então. Você andou bebendo?

– Estive *investigando* – respondeu Bast, com ênfase na última palavra. – O senhor sabia que Martin Maluco tem uma destilaria?

– Já tinha ouvido falar – respondeu o hospedeiro, com um tom que deixava claro que para ele a informação não era particularmente emocionante. – E o Martin não é maluco. Ele apenas tem um punhado de compulsões lamentavelmente fortes. E um toque de loucura de guerra, de quando era soldado, a não ser que eu me engane.

– Bem... pode ser – disse Bast devagar. – Eu sei disso porque ele atiçou o cachorro pra que me atacasse. Quando subi numa árvore para me salvar, ele tentou derrubá-la a machadadas. E também tacou fogo nela. E em seguida foi pegar seu arco. Mas também, Reshi, fora essas coisas, ele é louco mesmo. Muito, muito louco.

– Bast – disse o hospedeiro, lançando-lhe um olhar desaprovador.

– Eu não estou dizendo que ele é *mau*, Reshi. Não estou nem mesmo dizendo que não gosto dele. Mas acredite em mim: sei o que é ser louco. A cabeça dele não funciona como a de uma pessoa normal.

O hospedeiro assentiu, numa expressão amigável, mas exasperada.

– Entendi.

Bast abriu a boca, depois ficou ligeiramente confuso.

– Do que estávamos falando?

– Do estado avançado da sua investigação – disse o hospedeiro, olhando para fora da janela. – Apesar do fato de que é pouco mais de meio-dia.

– Estamos no solstício de verão, Reshi – replicou Bast, num tom queixoso, como se isso explicasse tudo.

O hospedeiro apenas piscou para ele, sem mudar a expressão do rosto.

Bast revirou os olhos.

– O senhor sabe como amanhece cedo no solstício de verão, Reshi? O dia de hoje é duas vezes mais longo do que alguns de nossos dias no inverno – revelou Bast. O olhar indiferente do hospedeiro pareceu abalar a certeza do rapaz, mas ele continuou: – O que estou dizendo é: se fosse inverno, Reshi, já estaríamos praticamente no final da tarde – disse ele, e depois hesitou. – Considerando o horário em que levantei, que era muito cedo.

O hospedeiro ficou em silêncio por um longo tempo. Depois respirou fundo e continuou num tom calmo:

– Se esse assombroso silogismo lógico não for prova da sua sobriedade, não sei o que mais poderia ser, Bast. No entanto...

– Isso – disse Bast, entusiasmado. – Eu sei que Martin está acumulando dívidas, e sei que o senhor teve problemas em receber o que ele está devendo porque o homem não tem dinheiro.

– Ele não *usa* dinheiro – corrigiu o hospedeiro com suavidade.

– Dá na mesma, Reshi – disse Bast, com um suspiro. – Isso não muda o fato de que não precisamos de outro saco de cevada. A despensa está lotada de cevada. Mas como ele tem uma destilaria...

O hospedeiro já estava balançando a cabeça.

– Não, Bast – disse ele. – Não vou envenenar meus fregueses com vinho da montanha. Você não faz ideia dos ingredientes que acabam entrando naquela coisa...

– *Eu sei*, Reshi – disse Bast. – Acetato de etila e metano. E lixívia de metal. Mas não tem nenhuma dessas coisas na bebida que Martin anda fazendo.

O hospedeiro piscou, surpreso.

– Você...? – começou ele, para depois parar. Começou de novo: – Bast, você realmente andou lendo o *Celum Tinture*?

– Andei lendo sim, Reshi! Para aperfeiçoar minha formação! – explicou Bast com um sorriso orgulhoso. – E também pelo meu desejo de não envenenar nossos fregueses nem de ficar cego. Provei um pouco, e posso dizer com confiante autoridade que o que o Martin fabrica é muito diferente de vinho da montanha. É algo maravilhoso. Está a meio caminho de um rhis, e isso é algo que eu falo com consciência.

O hospedeiro acariciou o lábio superior, pensativo.

– Como conseguiu provar essa bebida?

– Eu fiz uma troca – respondeu Bast, contornando a verdade. – Não só Martin teria uma oportunidade de saldar sua dívida, como nós conseguiríamos um estoque novo. Sei que nos dias de hoje está mais difícil, com as estradas tão ruins como estão…

O hospedeiro ergueu as mãos, dando-se por vencido.

– Já estou convencido, Bast.

Bast sorriu, satisfeito.

– Para ser sincero, eu faria isso apenas pelo fato de você uma vez na vida ter estudado sua lição. Mas será bom para o Martin também. Vai dar uma desculpa para passar aqui com mais frequência. Será bom para ele.

O sorriso de Bast diminuiu.

Se o hospedeiro notou, não comentou nada.

– Vou mandar um moleque até a casa do Martin dizendo para ele vir aqui e trazer algumas garrafas.

– Peça uma dúzia se ele tiver – disse Bast. – Ou mais. Está ficando frio à noite. O inverno está chegando e o que ele tem lá será como beber um pouco de primavera ao redor do fogo.

O hospedeiro sorriu.

– Tenho certeza de que Martin ficará lisonjeado com sua recomendação.

Bast ficou branco, com uma expressão de puro desalento.

– Pelos espinhos do tojo, *não*, Reshi! – disse ele, agitando as mãos nervosamente. – Não diga a ele que *eu* disse qualquer coisa. Nem mencione que pretendo beber das bebidas dele. Ele me odeia.

O hospedeiro escondeu um sorriso atrás da mão.

– Não tem graça, Reshi – disse Bast, furioso. – Ele atira pedras em mim.

– Já faz meses que ele não faz isso – argumentou o hospedeiro. – Martin tem sido perfeitamente cordial com você nas últimas vezes que veio nos visitar.

– Isso porque não há pedras no interior de uma pousada – disse Bast.

– Seja justo, Bast – continuou o hospedeiro, num tom de reprovação. – Ele tem sido civilizado já há cerca de meio ano. Polido até. Lembra que pediu desculpas uns dois meses atrás? Você já viu Martin pedindo desculpas para alguém na cidade? Alguma vez?

– Não! – disse Bast, amuado.

O hospedeiro assentiu.

– Está vendo? Esse é um gesto grandioso para ele.

– Tenho certeza de que ele está virando uma nova página – murmurou Bast. – Mas se estiver aqui quando eu chegar em casa, vou jantar no telhado.

<hr />

Bast estava inquieto quando se deitou na grama ao lado da árvore do raio. Mudou de posição, levantou-se e foi tomar água do riacho que contornava o sopé da colina. Voltando ao topo, fez círculos em torno da árvore alta, branca e destruída. Num sentido e no sentido contrário, fazendo e desfazendo círculos.

Sentou-se de novo, desconfortável, como um gato que recebeu carinho a contragosto. Fez uma análise profunda e descobriu o que já sabia que seria verdade. As únicas obrigações que o prendiam eram coisas antigas e familiares. A maioria pouco mais que cicatrizes, ferimentos de soldados velhos. Um ombro que fica rígido com o frio. Um joelho que dói quando vem chuva por aí.

Mas nada de novo. Era irritante, pois ele tinha ficado satisfeito com a precisão com que escapara dos perigos inesperados do dia. Então por que se sentia mais contrariado do que nunca? Dobrado e arrastado de muitas formas?

Por fim, apanhou o saco de couro. Ficou imóvel, fechou os olhos, tirou dele um punhado de embris e os jogou para cima com uma graça irreverente e fluida.

Ele os ouviu atingir o solo como granizo, e abriu os olhos para estudá-los: um crescente de chifre branco, uma oval de madeira escura recobrindo parcialmente o flautista dançante pintado em um pedaço de azulejo branco vitrificado. Havia uma vela gravada em uma pedra oblonga, um disco de argila, a pedra verde achatada que negociara com a filha do padeiro. Tinha o pedaço de latão brilhante como o sol e mais uma vez aquele que se parecia muito com uma velha moeda de ferro.

Logo o ruído de Kostrel e suas botas grandes demais vieram subindo a colina para ficar ao lado dele. O menino cruzou os braços, tentou ficar de cara fechada, mas não era bom nisso. Sua expressão era amigável demais. Embora estivesse claramente tentando fazer uma carranca, seu rosto sardento mal conseguia sustentar um cenho franzido.

Sem erguer os olhos para o menino, Bast estendeu um livrinho encapado em couro verde-escuro. Quando o menino esticou o braço e o apanhou, Bast sentiu o mais leve fio de dívida se soltar dentro dele.

Kostrel abriu o livro e folheou algumas páginas.

– Coisa de ervas ou algo parecido?

Bast deu de ombros, continuando a olhar pensativo para a distribuição dos embris no chão.

A tentativa de Kostrel de dar uma de petulante arrefeceu, e sua expressão retornou para a curiosidade natural.

– E aí? – começou ele, de forma casual. – Conseguiu surpreender a Emberlee?

A pergunta desviou a atenção de Bast das pedras, e ele ergueu os olhos para o menino.

– Consegui – respondeu Bast devagar, com os olhos fixos no rosto de Kostrel.

Mais uma vez, ele percebeu que algo não estava muito certo. Não era medo nem nervosismo. Esses sentimentos eram muito grandes, e seriam óbvios como uma rebarba em seu punho. Aquilo era mais como um grão de areia dentro do colarinho de sua camisa.

Kostrel percebeu que Bast o encarava e desviou o rosto.

Agora tudo se encaixava. Bast abriu a boca, chocado e surpreso.

– Você não descobriu – disse ele. – Ela disse pra você!

– O quê? Quem? – perguntou Kostrel, com uma expressão surpresa e inocente.

E, embora tivesse feito uma boa encenação, tinha sido desmascarado. Bast estava nesse jogo havia mais tempo do que o menino já vivera.

Vencido, Kostrel abandonou a ceninha.

– Mas eu peguei você! – disse ele, com os olhos brilhando de triunfo.

Sua expressão nesse momento foi mais inocente do que qualquer outra que ele pudesse tentar fingir.

Bast balançou a cabeça, piscando com genuína surpresa.

– Você fez um trabalho incrível vendendo o segredo – disse ele. – Espero que tenha lucrado alguma coisa também. O que a Emberlee cobrou pela revelação do lugar onde toma banho?

Kostrel lançou um olhar perplexo para Bast.

– Por que eu a compraria? – indagou o menino. – Ela queria

que eu passasse a informação pra você. Ela ficou *me* devendo um favor por isso.

Pela segunda vez em pouquíssimos minutos, Bast calou a boca de tão surpreso.

Kostrel riu dele.

– Ah! – exclamou ele, revirando um pouco os olhos. – Vocês se acham *tão* astutos e reservados, mas não são nada disso.

Bast ficou genuinamente ofendido.

– Ei! – disse ele, com a dignidade afrontada. – Eu sou muito astuto. E reservado também.

Kostrel soltou um leve suspiro e deu de ombros.

– Você é decente – disse ele. – E Emberlee é boa de jogo também. Mas a Kholi não tem um pingo de vergonha e o Dax… – comentou Kostrel e depois fez uma pausa, aparentemente reconsiderando o que ia dizer. – Dax tem o que é preciso para ficar sentado observando ovelhas o dia inteiro.

– Ele tem mais qualificações que essas – disse Bast, com um sorriso largo.

Kostrel revirou os olhos de novo.

– Eu *sei* que ele tem. Porque a Kholi conta pra *todo mundo*. Mas ele também fica vermelho que nem um traseiro que apanhou quando alguém o provoca – completou o menino, balançando a cabeça. – Eu garanto. Vocês todos saltando para dentro e para fora de montes de feno feito coelhos, escondendo-se nos arbustos. Todo mundo sabe. Todo mundo com pelo menos um olho e meio cérebro na cabeça.

Bast inclinou a cabeça, curioso.

– Que favor você pediu pra Emberlee?

– Um cavalheiro não revela seus assuntos particulares – respondeu Kostrel com uma dignidade altiva e, em seguida, abriu um sorriso mais inocente e mais malicioso que qualquer outro que Bast já tivesse visto.

Sabendo que era melhor não enfrentar Kostrel quando estava aéreo, mesmo que fosse só um pouco, Bast foi até o riacho tomar um gole de água e refrescar o rosto.

Enquanto se recompunha, ficou surpreso ao perceber que não se importava em perder uma rodada para Kostrel. Na verdade, isso o enchia de um estranho orgulho. Fazia anos desde que fora engambelado, e qualquer jogo fica entediante se você sempre ganha. Portanto, ele teria que dançar um pouco mais rápido se quisesse manter Kostrel alerta. E Emberlee também, ao que parecia.

Quando Bast voltou ao topo da colina, Kostrel estava olhando para os embris espalhados no chão.

– Meu avô tem um Conjunto Telgim – disse o menino. – Ele costumava jogar as pedras quando queria saber a melhor época de plantar. Deixava minha avó louca – completou ele, inclinando-se para olhar mais de perto. – O que pergunta pra eles?

– Nada – respondeu Bast, sentando-se. Mas, naquele local, a quase mentira o incomodou. – Só há uma pergunta em que qualquer pessoa está interessada: e agora?

O menino fez que sim com a cabeça e continuou olhando para baixo.

– Você descobriu alguma coisa?

Bast virou a cabeça e viu Kostrel observando os embris com tanta intensidade que a situação estava quase cômica. Um sorriso começou a brincar no rosto de Bast.

– Como você leria isso?

Kostrel se sentou no chão naquela posição estranha que faz parecer que as crianças não têm ossos.

– Não sei os nomes certos de todos – admitiu ele. – Meu avô me ensinou pouca coisa, e principalmente quando tomava uns tragos e queria provocar minha avó.

– Os nomes são legais – disse Bast, encolhendo um ombro. – Mas se você sabe o nome de uma coisa, é difícil ficar se perguntando o que ela é – explicou ele com um gesto na direção das peças. – Os embris não são como nomes que grudam as coisas numa página. É da natureza deles se mover e mudar. Eles nos lembram de que o mundo é vasto e profundo. Ensinam a diferença entre pegar e reter.

Kostrel sorriu.

– Você parece meu avô falando. Ele diz que ler os embris evita que a mente fique rígida, como couro velho que não é hidratado – disse ele. – Mas como *você* leria?

Bast suspirou, com uma expressão de quem está entre frustrado e exaurido.

– Temos a lua – disse ele, tocando o crescente de chifre branco. Moveu seu dedo na direção da pedra verde com o rosto da mulher. – Depois tem uma mulher dormindo. E aqui uma lâmpada apagada. Então, é de noite? Uma mulher está dormindo à noite? – indagou ele, mas balançou a cabeça. – Isso é andar muito em estrada pouca. Bem, aqui temos o flautista – continuou Bast apontando para uma figura pintada num azulejo branco, com um tambor amarrado no quadril. Ele está parcialmente coberto por um olho fechado. Será que está dormindo também? – disse ele, batendo os dedos na lágrima da moeda de penitência. – A torre em chamas significa ruína e destruição, mas ela tem o formato de uma lágrima, então… água? Talvez chuva?

Bast continuou pensando alto:

– Depois temos a vela e o arco de pedra – disse ele. – Se estivessem perto um do outro, o significado poderia ser uma viagem. Se a mulher está dormindo, poderia ser um sonho…

Kostrel apontou para o pedaço de metal quebrado que tanto se parecia com uma moeda de ferro.

– E aquele com a coroa?

Bast deu de ombros, mas não tão casualmente quanto antes. Talvez sua boca tivesse ficado um pouquinho tensa também. Estava quase ignorando a pergunta, mas, olhando nos olhos do menino, Bast recordou que o silêncio era a pior opção com Kostrel. Se Bast não oferecesse alguma coisa, o menino se fixaria naquilo como um pedaço de cartilagem preso entre os dentes.

– Coroa de ferro é autoridade ou domínio – respondeu Bast, tentando parecer entediado. – Mas estando desfigurada, eu interpreto isso como dominação – completou ele. Fez uma pausa e decidiu que era melhor confessar tudo. – Em si mesma, essa coroa significa o Rei Despedaçado. Majestade e poder, mas em ruínas. Desesperado.

– Desesperado? – perguntou Kostrel, intrigado.

Bast balançou a cabeça, genuinamente irritado.

– Não – disse Bast. – Eu quis dizer degradado – continuou ele, falando rápido, agitado e gesticulando para tudo aquilo. – É uma confusão. Algumas partes combinam, mas...

Bast titubeou. Jogou as mãos para cima e as deixou cair, exasperado.

– Isso aqui não *diz* coisa alguma.

– Não é assim que eu interpreto... – disse Kostrel, hesitante.

Bast fez um gesto de incentivo.

– Por favor.

Kostrel tocou a pedra verde de leve com um dedo.

– Esta é uma ágata musgo. O musgo é macio e delicado, mas a ágata é uma pedra muito, muito dura – completou ele, arrastando a coroa quebrada para cima do rosto entalhado na pedra verde. – Ela é uma rainha.

Ele se inclinou para a frente para conseguir alcançar os outros embris e continuou falando:

– Também não acho que ela esteja dormindo – declarou ele,

puxando a moeda de latão mais para perto. – Isso não é chuva. É uma lágrima. Ela é suave, mas dura. Poderosa e triste. A torre dela está destruída – disse ele, com um gesto amplo. – Ela é a Rainha em Prantos.

Kostrel apontou para o pedaço de chifre que exibia uma lua crescente.

– Não sei sobre esse. Talvez nem seja a lua! Talvez seja uma tigela? Ou chifres? Como é tão fino, talvez signifique algo que está prestes a terminar. Como quando a lua quase desapareceu...

O tom de Kostrel foi ficando mais confiante à medida que prosseguia:

– O flautista também não está dormindo – disse ele, tocando o disco de argila. A lâmpada é dele. Uma lâmpada é o que você usa para guiar seu caminho, ou para ler à noite. Apagada? Isso significa que o flautista está no escuro. Isso significa que ele está perdido. Ou sem saber de nada.

O menino trouxe o dedo para perto do flautista de novo.

– O olho fechado? Ele é cego. Ele deve tocar para as pessoas, fazê-las dançar ao som de sua melodia. Mas é *ele* quem está dançando – explicou Kostrel, tão entusiasmado que até achou graça do que tinha dito. – Ele está dançando, mas é cego demais para saber disso.

Em seguida, salientou:

– A vela também não está acesa. Então... será que ele é três vezes cego? Ou... um potencial desperdiçado? Fogo que está aguardando?

Kostrel então parou de falar, pensativo.

Bast estava olhando para os embris com mais atenção agora.

– E o arco? – perguntou ele, com um tom estranho na voz.

Kostrel não pareceu ter notado nada.

– Eu não sei sobre isso. Ele é chanfrado... então talvez deva ser um buraco onde o flautista pode cair? – sugeriu o menino.

Depois pensou por mais um momento, deu de ombros e coçou o nariz. – Meu avô costumava dizer que a gente não deve se esforçar demais para que todas as peças combinem. Quando fazia uma leitura mais longa, dizia que sempre havia uma rodada que você precisava ignorar. Boa parte de uma leitura adequada era descobrir qual era ela.

Bast estendeu o braço e sorriu enquanto desarrumava o cabelo de Kostrel. Em seguida, sem preâmbulo, recolheu seus embris e desceu a colina rápido como se estivesse dançando, indo embora.

Bast tinha trotado leve e solto por uns quatrocentos metros quando ouviu Rike chamando seu nome por entre as árvores. Surpreso, interrompeu a corrida e observou o menino vir correndo pela trilha de terra na sua direção.

– Consegui! – disse Rike, triunfante.

Quase sem fôlego, ele levantou a mão. Toda a metade inferior de seu corpo estava ensopada, pingando.

– O quê? Já? – perguntou Bast.

O menino assentiu e exibiu a pedra escura entre dois dedos. Era chata, lisa e arredondada, um pouquinho menor que a tampa de um pote de geleia.

– E agora?

Bast coçou o queixo por um momento, como se tentasse se lembrar de alguma coisa.

– Bem... agora precisamos de uma agulha. Mas ela tem que ser tomada de empréstimo de uma casa onde não more nenhum homem.

Rike ficou pensativo por um momento, depois seu rosto se iluminou.

– Posso conseguir uma com a tia Sellie!

Bast se esforçou para não praguejar. Ele havia esquecido que a criança mais velha de Sellie havia declarado que não usaria mais o nome Mikka. Agora era Grett, e estava tomando chá de harthan.

– Ora, duas mulheres na casa com certeza é algo *adequado* – disse Bast, conferindo à palavra certo desdém – ... se isso basta para você. Mas o encanto será mais forte se a agulha vier de uma casa que tem *muitas* mulheres. Quanto mais, melhor.

Rike ergueu os olhos mais um momento, vasculhando sua memória.

– A viúva Creel tem duas filhas... – comentou ele, pensativo.

– Dob também está morando lá – esclareceu Bast. – Uma casa onde não moram homens nem *meninos*.

– Mas onde moram muitas meninas... – disse Rike, e ficou ali parado, pingando, fazendo desfilar as várias opções em sua cabeça. Finalmente, a ideia lhe ocorreu: – A velha Nan! Ela não gosta nada de mim, mas acho que me daria um alfinete.

– Uma agulha – enfatizou Bast. – E você tem que tomá-la emprestada – ressaltou Bast, e viu que o menino semicerrou os olhos. – Se a roubar, ou tentar trocá-la por outra coisa, o encanto não vai funcionar – afirmou ele, levantando uma sobrancelha. – Além disso, acho que não preciso dizer que você não pode contar pra ela para que precisa da agulha.

– Como poderia? Não sei o que você está tramando – lamentou Rike, mas bem baixinho.

De certa forma, Bast esperava que o menino ficasse fazendo muitas perguntas sobre os detalhes do encanto em questão. Ou que reclamasse porque a velha Nan morava do outro lado da cidade, no ponto mais sudoeste que ainda poderia ser considerado pertencente a Nalgures. O menino teria que caminhar durante meia hora para chegar lá e, mesmo assim, a velha Nan poderia não estar em casa.

Mas Rike nem suspirou. Apenas assentiu, muito sério, e partiu correndo, os pés descalços voando na direção da extremidade sul da estrada do rei.

Assentindo para si mesmo, Bast continuou na direção que antes estava indo, para o extremo norte da cidade...

NASCER DA LUA: DOÇURA

Certo de que Rike ficaria ocupado por pelo menos uma hora, Bast aproveitou o tempo livre. Pulou uma cerca para cortar caminho pelos campos dos Forsen. Subiu numa árvore e encontrou uma pinha que apreciou. Ignorou um gato. Correu atrás de um esquilo. Encontrou um poço velho coberto por uma dezena de tábuas bem apodrecidas.

A propriedade dos Williams não era um sítio propriamente dito, e isso já fazia um bom tempo. Os campos estavam abandonados por tantos anos que era difícil perceber que tinham sido arados alguma vez. Estavam cobertos de espinheiros e salpicados de brotos de plantas. O alto celeiro se encontrava bastante dilapidado, metade do telhado descoberta, formando um buraco escuro que contrastava com o céu azul e límpido.

Caminhando pela longa trilha que atravessava os campos, Bast virou numa curva e viu a casa de Rike. A casa contava uma história diferente da do celeiro. Era pequena, mas arrumada. As telhas finas de madeira mereciam algum reparo, mas o lugar parecia bem cuidado. Cortinas amarelas esvoaçavam para fora da janela da cozinha, e a floreira estava transbordando de papoulas e margaridas.

Havia um cercado com três cabras de um lado da casa. Do outro lado havia uma grande horta. O cercado não passava de galhos amarrados juntos, mas Bast podia ver canteiros de verduras viçosas lá dentro. Cenouras. Ele ainda precisava arrumar as cenouras.

Esticando um pouco o pescoço, Bast avistou várias formas grandes e estranhas atrás da casa. Ele deu alguns passos para o lado e acabou percebendo que se tratava de colmeias.

Nesse mesmo momento, ouviu uma tempestade de latidos e dois grandes cães pretos de orelhas caídas vieram correndo da casa na direção de Bast, latindo feito loucos. Quando se aproximaram, Bast dobrou um joelho e lutou com eles de brincadeira, fazendo carinho nas orelhas e no pescoço deles.

Depois de brincar com eles alguns minutos, Bast continuou na direção da casa, os cães correndo de um lado para o outro em torno dele até que avistaram algum tipo de animal e dispararam na direção dos arbustos. Ele bateu delicadamente na porta da frente, embora sua presença não fosse mais surpresa após todos aqueles latidos.

A porta se abriu alguns centímetros, e por um momento tudo o que Bast conseguiu ver foi uma pequena nesga de escuridão. Depois a porta se abriu um pouco mais, revelando a mãe de Rike. Ela era alta e seu cabelo castanho e cacheado estava escapando da trança que lhe caía sobre as costas.

Ela abriu a porta e tinha uma bebezinha seminua aninhada em seu braço. O rosto redondo da bebê estava encostado em seu peito e ela mamava com vontade, produzindo pequenos grunhidos.

Olhando para baixo, Bast sorriu alegremente para a bebê. A

mãe seguiu o olhar dele e, com ternura, contemplou também durante alguns segundos sua filha que mamava. Em seguida, ergueu os olhos de novo para presentear o rapaz com um sorriso caloroso.

– Olá, Bast, como posso ajudar você?

– É… bem… – disse ele. – Eu estava me perguntando, dona, quer dizer, sra. Williams.

– Nettie está ótimo, Bast – disse ela num tom bondoso.

Com a notável exceção de Martin Maluco, a maioria das pessoas da cidade achava Bast bastante agradável. Embora a maioria delas também o considerasse meio simplório em termos de inteligência, algo que não o incomodava nem um pouco.

– Nettie – disse Bast, abrindo seu sorriso mais simpático.

Fez-se uma pausa, e ela se apoiou no batente da porta. Uma menininha espreitou por trás da saia azul e desbotada da mulher, mostrando pouco mais que um par de olhos escuros e sérios.

Bast sorriu para a menininha, que desapareceu de novo atrás da mãe.

Nettie tinha agora uma expressão de expectativa.

– Você estava se perguntando…?

– Ah, isso – disse Bast. – Eu estava me perguntando se seu marido por acaso está em casa.

– Temo que não – respondeu ela. – Jessom saiu para verificar suas armadilhas.

– Ah – disse Bast, decepcionado. – Será que ele volta logo? Eu poderia esperar.

Ela balançou a cabeça.

– Lamento. É muito provável que fique por lá tirando as peles das caças em seu barracão – respondeu ela, indicando vagamente as colinas ao norte.

– Ah – disse Bast de novo.

Aninhada confortavelmente no braço da mãe, a bebezinha respirou fundo, depois deu um suspiro bem-aventurado, ficando quieta e relaxada. Nettie olhou para baixo, depois ergueu os olhos para Bast, colocando um dedo sobre os lábios.

Bast assentiu e se afastou da porta para Nettie passar. Ela desprendeu a bebê de seu mamilo com a mão livre e a acomodou num bercinho de madeira no chão. A menina dos olhos escuros apareceu por trás da mãe e foi vigiar a bebê, com as mãos entrelaçadas nas costas.

– Me chame se ela começar a resmungar – disse Nettie baixinho.

A menininha concordou com a cabeça, muito séria, sentou-se numa cadeira próxima e começou a balançar o berço com o pé.

Nettie saiu do quarto e fechou a porta atrás de si. Andou alguns passos para se juntar a Bast e ajustou o corpete sem acanhamento algum. Na luz do sol, Bast notou suas maçãs do rosto pronunciadas e sua boca generosa. Mesmo assim, ela parecia mais cansada que qualquer outra coisa, e seus olhos estavam pesados de preocupação.

A mulher alta cruzou os braços sobre o peito.

– Então, qual é o problema? – perguntou ela com um tom cansado.

Bast parecia confuso.

– Problema algum – respondeu ele. – Só estava querendo saber se seu marido tem algum trabalho para mim.

Nettie descruzou os braços, com uma expressão de surpresa.

– Ah…

– Não tenho muito o que fazer na pousada – continuou Bast, meio encabulado. – Pensei que seu marido pudesse precisar de alguém que o ajudasse…

Nettie olhou ao redor, e seus olhos correram pelo velho celeiro. Os cantos da sua boca se curvaram um pouco para baixo.

– Nesses últimos tempos ele tem colocado armadilhas e caçado – disse ela. – Isso o mantém ocupado, mas não a ponto de precisar de ajuda – completou ela, olhando para Bast. – Pelo menos ele nunca mencionou que estivesse precisando.

– E a senhora? – perguntou Bast, dando seu sorriso mais cativante. – Tem alguma coisa aqui na sua casa que pudesse demandar um ajudante?

Nettie sorriu para Bast. Foi só um pequeno sorriso, mas tirou dez anos e meio mundo de preocupação do rosto dela, fazendo-o praticamente brilhar.

– Não há muito trabalho – disse ela, como que se desculpando. – Só três cabras, e meu menino cuida delas.

– Lenha? – perguntou Bast. – Não tenho medo de trabalhar duro. E deve ser difícil dar conta de tudo com seu marido ficando fora vários dias seguidos – observou ele, sorrindo para ela cheio de esperança.

– Acho que não temos dinheiro para pagar um ajudante – disse Nettie.

– Eu posso trocar trabalho por algumas cenouras – respondeu Bast, animado.

Nettie ficou olhando para ele por uns segundos, depois explodiu em uma risada.

– Cenouras – disse ela, esfregando o rosto. – Quantas cenouras?

– Talvez… seis? – pediu Bast, não parecendo muito certo de sua resposta. – Seis é um bom número de cenouras?

Ela riu de novo, balançando um pouco a cabeça.

– Então está bem. Você pode cortar um pouco de lenha – disse ela apontando para o cepo de cortar lenha que ficava no fundo da casa. – Volto aqui quando tiver realizado um trabalho que vale seis cenouras.

Bast começou a trabalhar

com vontade, e logo o quintal estava cheio do som seco e saudável de lenha cortada. O sol ainda estava forte no céu e, após alguns minutos, Bast estava coberto por uma camada de suor. Despreocupadamente, ele tirou a camisa e a pendurou na cerca da horta ao lado.

Sem considerarmos o fato de que a maioria das pessoas da cidade teria se surpreendido ao ver Bast fazendo algum tipo de trabalho, não tinha nada de estranho em como ele desempenhava a tarefa. Cortava a lenha do jeito que todo mundo fazia: você coloca a tora em pé, levanta o machado e acerta a tora. Não havia espaço nessa atividade para o improviso.

Mesmo assim, havia algo no modo como desempenhava a tarefa que chamava a atenção. Quando colocava a tora em pé, ele se movia atentamente. Depois ficava imóvel por um momento. Daí vinha o golpe. Era um gesto fluido. O jeito como posicionava os pés, o movimento dos longos músculos dos braços…

Nada de exagerado. Nada de exibição. Mesmo assim, quando levantava o machado e descrevia um arco perfeito, fazia aquilo com graça. O ruído da lenha quando se partia, o modo repentino como as duas metades iam parar no chão. Ele fazia tudo aquilo parecer… *elegante*.

Ele trabalhou duro durante meia hora, então Nettie saiu da casa trazendo um copo de água e um punhado de cenouras grandes ainda com as folhas.

– Tenho certeza de que esse trabalho vale pelo menos meia dúzia de cenouras – disse ela, rindo para ele.

Bast pegou o copo de água, bebeu metade e, em seguida, despejou a outra metade sobre a cabeça e a nuca. Sacudiu-se um pouco, depois se reergueu, com seu cabelo encaracolado grudando no rosto.

– A senhora tem certeza de que não tem mais nada em que eu possa ajudar? – perguntou ele, dando um sorriso tranquilo.

Os olhos dele estavam escuros, sorridentes e mais azuis que o céu.

Nettie balançou a cabeça. Quando olhou para baixo, cachos soltos de seu cabelo escuro lhe caíram sobre o rosto.

– Não consigo pensar em nada – respondeu ela.

– Eu também sou bem habilidoso trabalhando com mel – disse Bast, apoiando o machado no ombro nu.

Ela ficou um pouco confusa com isso, até que Bast apontou para as colmeias de tamanhos diferentes espalhadas no quintal coberto de mato.

– Ah – disse ela, como se estivesse recordando um sonho esquecido. – Eu costumava produzir velas e mel. Mas perdemos algumas colmeias para aquele inverno rigoroso três anos atrás, e outra para uma praga. Depois veio a primavera chuvosa e mais três se foram com a cal, antes que percebêssemos. No começo deste verão vendemos uma para os Hestle, para conseguir algum dinheiro para pagar o imposto…

Ela balançou a cabeça de novo, como se estivesse num devaneio. Deu de ombros, então se virou e olhou para Bast.

– Você sabe trabalhar com abelhas?

– Um pouquinho – respondeu Bast. – Não são difíceis de lidar. Só precisam de paciência e delicadeza – disse ele, balançando casualmente o machado e o fincando no cepo. – Elas são iguais a todo mundo. Só querem saber se estão seguras.

Nettie olhava para o quintal, involuntariamente concordando com a cabeça enquanto Bast falava.

– Só sobraram duas – disse ela. – O suficiente para algumas velas. Um pouquinho de mel. Não é muito. Acho que não valem o trabalho.

– Ora, ora, o que é isso? – disse Bast gentilmente. – Um pouco de doçura é tudo o que temos algumas vezes. Sempre vale a pena. Mesmo que dê um pouco de trabalho.

Nettie se virou para olhar para Bast. Nesse momento, seus olhos encontraram os dele. Sem falar, mas também sem desviar o olhar. Seus olhos eram como uma porta aberta.

Bast sorriu, gentil e paciente, com uma voz morna e doce. Ele estendeu a mão.

– Venha comigo – disse ele. – Tenho uma coisa para mostrar.

FIM DE TARDE: ADIVINHAS

O sol do meio do verão rumava para o horizonte, mas ainda estava alto no céu quando Bast voltou para a clareira. Estava mancando um pouco e tinha terra no cabelo, mas parecia bem-humorado.

Havia duas crianças no sopé da colina sentadas na pedra cinzenta e balançando os pés, como se estivessem num enorme banco de pedra. Bast nem teve tempo de se sentar, e elas já vieram subindo a colina juntos.

Era Wilk, um menino sério de dez anos com um cabelo louro despenteado. Atrás dele vinha sua irmãzinha, Pem, com metade de sua idade e a boca três vezes maior que a dele.

O menino acenou com a cabeça para Bast quando chegou ao topo da colina.

– Você está bem?

Baixando os olhos, Bast se surpreendeu ao ver alguns filetes de sangue escorrendo de sua mão. Ele pegou seu lenço e começou a secar os nós dos dedos com a elegância de uma duquesa varrendo migalhas no jantar.

– Como machucou sua mão? – perguntou a pequena Pem.

– Fui atacado por quatro ursos – mentiu Bast, num tom jovial.

O menino assentiu sem resistência e sem dar indicação de que acreditava ou não em Bast.

– Preciso de uma adivinha que deixe a Tessa desnorteada – disse o menino. – Uma das boas.

– Você está com o cheiro do meu avô – comentou Pem enquanto avançava para ficar ao lado do irmão.

Wilk a ignorou. Bast fez a mesma coisa.

– Certo – disse Bast. – Eu preciso de um favor. Vamos fazer negócio: um favor por uma adivinha.

– Você está com o cheiro do meu avô quando toma o remédio dele – esclareceu Pem erguendo um pouco a voz.

– Mas tem que ser uma adivinha boa – enfatizou Wilk. – Pra deixar a Tessa desnorteada mesmo.

– Que tal esta: "Me mostre uma coisa que nunca foi vista antes e nunca mais será vista de novo" – sugeriu Bast.

– Hummm! – exclamou Wilk, pensativo.

– Meu avô diz que se sente muuuiiiito melhor com o remédio dele – disse Pem ainda mais alto, visivelmente brava por estar sendo ignorada. – Mas minha mãe diz que não é remédio. Ela diz que ele está enchendo a cara. Mas meu avô diz que se sente muuuiiiito melhor. Então é remédio, ora bolas – disse ela, olhando alternadamente para Bast e Wilk, como se esperasse que a repreendessem.

Nenhum dos dois fez isso. Ela ficou meio abatida.

– Essa é boa – admitiu Wilk. – Qual é a resposta?

Bast deu um sorriso lento.

– O que vai me dar por ela?

Wilk inclinou a cabeça para um lado.

– Eu já disse. Um favor.

– Eu já troquei com você a adivinha por um favor – disse Bast, tranquilamente. – O que vai me oferecer pela resposta?

Wilk pareceu confuso por meio minuto, depois seu rosto ficou vermelho e furioso. Respirou fundo, como se fosse gritar. Depois pareceu mudar de ideia e desceu rápido a colina, pisando duro.

A irmãzinha o observou indo embora, depois se virou para Bast.

– Sua camisa está rasgada – comentou ela, num tom de reprovação. – E você raspou os nós dos dedos e tem manchas de grama nas calças. Sua mãe vai ficar zangada.

– Não vai, não – disse Bast, todo cheio de si. – Porque já sou crescido e posso fazer o que eu quiser.

– Não pode, não – replicou Pem.

– Posso, sim – respondeu Bast. – Eu poderia tacar fogo nas minhas calças e não teria problema.

A menininha olhou para ele fervendo de inveja.

– E toda noite no jantar eu como um bolo inteiro – acrescentou Bast.

Wilk subiu de novo a colina, com passos pesados.

– Está bem – disse ele, emburrado.

– Primeiro, meu favor – disse Bast, entregando ao menino uma garrafa pequena com uma tampa de rolha. – Preciso que encha isto aqui com água que foi apanhada no ar.

– O quê? – perguntou Wilk.

– Água que cai naturalmente – explicou Bast. – Você não pode retirar a água de uma barrica ou de um rio. Você tem que pegá-la quando ainda está no ar.

– A água sai de uma bomba quando você a bombeia… – disse Wilk sem esperança real na voz.

— Água que cai *naturalmente* — disse Bast mais uma vez, enfatizando a última palavra. — Não adianta se uma pessoa fica em pé em uma cadeira e despeja a água de um balde.

— Para que precisa disso? — perguntou Pem em sua vozinha fina.

— E o que vai me dar pela resposta para essa pergunta? — perguntou Bast.

A menininha ficou pálida e tapou a boca com as duas mãos.

— Talvez não chova por *dias* — disse Wilk.

Pem deixou as mãos caírem e deu um suspiro ruidoso.

— Não precisa ser chuva — disse a irmã, e da sua voz pingava condescendência. — Você poderia simplesmente ir até a cachoeira do Riopequeno e encher a garrafa lá.

Wilk piscou. Bast sorriu para ela.

– Você é uma menina esperta.

Ela revirou os olhos.

– Todo mundo diz isso.

Bast pegou algo de seu bolso e o suspendeu. Era uma palha de milho verde que embrulhava um favo de mel grudento. Os olhos da menininha brilharam quando viu aquilo.

– Eu também preciso de 21 bolotas de carvalho perfeitas – disse ele. – Sem furos e com os chapeuzinhos intactos. Se as apanhar para mim perto da cachoeira, isto aqui será seu.

Ela assentiu, avidamente. Depois, tanto ela quanto o irmão desceram a colina correndo.

<hr />

Bast voltou até a lagoazinha natural perto do salgueiro e tomou outro banho. Não era seu horário habitual de banho, de forma que não havia pássaros aguardando. Por causa disso, e do fato de que Emberlee ainda estava com o sabão dele, a coisa toda foi bem menos elaborada dessa vez. Ele se lavou do suor e do mel, depois deu um trato nas roupas, esfregando para se livrar das manchas de grama e do cheiro de lavanda e citerinas. A água fria fazia arderem um pouco os cortes dos nós de seus dedos, mas esses cortes não tinham importância e iriam sarar naturalmente.

Pelado e pingando, saiu da piscina e encontrou uma pedra escura, quente do longo dia de sol. Estendeu suas roupas sobre ela e as deixou secar enquanto agitava o cabelo e retirava a água de seus braços e peito com as mãos.

Em seguida, deitou-se na própria pedra, espalhando-se pela superfície quente e lisa feito um gato. Um machucado impressionante se abria em sua coxa, com outro semelhante perto do quadril. Mas eles não pareciam incomodar muito. Dobrando os braços atrás da cabeça para formar um travesseiro, ele fechou os olhos e caiu no sono, sem roupas e sem preocupações, o rosto sereno sob a luz que gradualmente desaparecia.

PÔR DO SOL: MENTIRAS

As sombras se alongavam e iam cobrindo Bast, que acordou tremendo. Sentou-se, coçando o rosto e olhando ao redor com a vista ainda turva do sono. O sol apenas flertava com as copas das árvores no oeste.

Após vestir as roupas, agora secas, ele caminhou de volta até a árvore do raio. Wilk e Pem não haviam retornado, mas isso não era surpresa. Ele comeu o favo de mel que tinha prometido a Pem, lambendo os dedos. Em seguida, mascou a cera com calma enquanto observava um par de falcões que desenhavam lentos círculos no céu.

Por fim, Bast ouviu um assobio vindo das árvores. Levantou-se e se espreguiçou, seu corpo se curvando feito um arco. Depois desceu correndo a colina, mas, na luz que desmaiava, aquilo não parecia uma corrida.

Se ele fosse um menino de dez anos, teria parecido um saltitar. Mas não era um menino. Se fosse um bode, teria parecido uma espécie de trote ligeiro. Mas não era um bode. Se um homem descesse a colina tão depressa, teria parecido que estava correndo. Bast não se parecia com nenhum desses, mas havia nele alguma estranha combinação das três possibilidades.

Dessa forma, Bast chegou à beirada da clareira onde Rike estava parado na crescente escuridão entre as árvores.

– Consegui – disse o menino triunfante, erguendo a mão, mas a agulha ficava invisível em meio à luz que desmaiava.

– Emprestada? – perguntou Bast. – Nem trocada, nem surrupiada, certo?

Rike assentiu, muito sério.

– Certo – disse Bast. – Vejamos a pedra também.

Rike enfiou a mão no bolso e mostrou a pedra para Bast.

Bast não a apanhou, mas fez questão de examiná-la, assentindo, muito solene. Ele até chegou ao ponto de pedir que o menino a virasse, para que pudesse examinar o outro lado enquanto coçava o queixo.

– Sim – comentou Bast, como se tivesse chegado a uma difícil decisão. – Sim, ótimo! Vai funcionar.

Rike deu um suspiro de alívio e tentou empurrar a pedra para a mão de Bast.

Eterno artista, Bast recuou, como se o menino quisesse lhe entregar um pedaço de carvão aceso.

– Eu… achei que você queria a pedra – gaguejou Rike, nervoso, ficando muito pálido.

– Ela não é para *mim*. O amuleto só funcionará para *uma* pessoa. É por isso que você precisava conseguir a pedra – explicou Bast, lançando os olhos para o céu e vendo que tinha tempo suficiente para se divertir um pouco mais antes de voltar para a pousada.

Sentia-se orgulhoso de tudo o que fizera naquele dia, mas a diferença entre florear e finalizar... bem, essa era uma coisa que só os artistas sabiam. Por que criar e embrulhar um presente para depois esquecer o laço?

Bast se inclinou para a frente, baixando a voz.

– O amuleto é muito mais que as peças – disse ele. – A maioria das pessoas não sabe que ele só começa a ter efeito quando você compreende o que há no fundo do seu coração – completou Bast, batendo dois dedos levemente no peito do menino. – Um amuleto verdadeiro cria raízes no seu desejo – prosseguiu, dançando para a frente e para trás entre a verdade e o que as pessoas achavam que era a verdade, certificando-se de que o menino iria engolir aquilo facilmente. – Quando decidiu o que queria, foi aí que começou. Você recolheu as peças da melhor maneira possível. Agora nós juntamos tudo, para que o amuleto funcione.

Bast fez um gesto como se estivesse jogando alguma coisa fora.

– Os amuletos que são feitos de qualquer outra maneira não passam de truques bobos – declarou ele, e fez um gesto afirmativo com a cabeça, muito satisfeito consigo mesmo.

Aquele menino não era nem de longe tão esperto quanto Kostrel. Mesmo assim, poderia se perguntar por que o "logo" que ele havia pedido e negociado parecia começar antes que ele efetivasse o encanto em si.

O menino pôs a mão sobre o peito e olhou para a pedra.

– O que você quis dizer quando falou que o amuleto funciona para uma pessoa?

Era isso que preocupava o garoto? Bast se controlou para não bufar de impaciência. Grande parte do que engendrara estava sendo desperdiçado ali.

– É assim que acontece com os amuletos – mentiu Bast. – Eles só funcionam para uma pessoa de cada vez – completou ele e, vendo a confusão estampada no rosto do menino, foi adiante, com um suspiro: – Você sabe como as pessoas fazem amuletos de vem-cá para chamar a atenção de alguém?

Rike fez que sim com a cabeça, corando um pouco.

– Esse é o contrário – explicou Bast. – É um amuleto de sai--pra-lá. Você vai fazer um furo no dedo, colher uma gota do seu sangue e o encanto estará selado. Isso afastará as coisas.

Rike olhou para a pedra.

– Que tipo de coisas? – perguntou ele.

– Qualquer coisa que quiser machucar você – respondeu Bast em improviso. – Você pode ficar com ele no bolso, ou pegar um pedaço de barbante…

– Mas isto vai fazer meu pai ir embora? – interrompeu Rike, franzindo um pouco a testa de preocupação.

– Bem, vai… – respondeu Bast, que já estava perdendo a paciência com as interrupções. – É isso que eu disse. Você tem o mesmo sangue dele. Então o encanto vai afastá-lo com mais força que qualquer outra coisa. Você poderia pendurá-lo no pescoço, para que…

– E um urso? – perguntou Rike, olhando pensativo para a pedra. – O amuleto faria um urso me deixar em paz?

Bast fez uma pausa ao ouvir a pergunta, percebendo que a última coisa de que precisava era que aquela criança já impetuosa e meio selvagem pensasse que estava livre dos ursos.

– Os seres selvagens são diferentes – disse ele. – São possuídos de puro desejo. Não querem *machucar* você. Em geral, só querem comida ou segurança. Um urso ia querer…

– Posso dar isto para minha mãe? – perguntou Rike interrompendo mais uma vez, erguendo os olhos para Bast. Sua expressão era bem compenetrada.

– … proteger seu territ… O quê? – indagou Bast, interrompendo-se.

– Minha mãe deveria andar com isto – disse Rike com uma

certeza súbita. – E se eu estivesse longe com o amuleto e meu pai voltasse pra casa?

– Ele vai muito mais longe que isso – disse Bast, com um tom cheio de certeza. – Não vai acontecer de ele estar escondido na esquina da ferraria...

O rosto de Rike estava decidido agora, seu nariz achatado o fazia parecer ainda mais teimoso. Ele balançou a cabeça.

– Minha mãe deveria ficar com o amuleto. Ela é importante. Ela precisa tomar conta de Tess e da pequena Bip.

Bast fez um gesto com a mão.

– Vai funcionar muito be...

– Tem que ser para ELA! – gritou Rike, de repente tomado de fúria, fechando a mão em torno da pedra. – Você disse que era para uma pessoa, então faça que seja para ela!

Bast fechou a cara para o menino.

– Não estou gostando do seu tom – disse ele, com uma expressão sombria. – Você me pediu para fazer seu pai ir embora, e é isso que estou fazendo...

– Mas e se isso não for o suficiente? – indagou Rike com uma voz mais calma, mas com o rosto ainda vermelho.

– Será suficiente – respondeu Bast, passando inconscientemente o polegar pelos nós machucados de suas mãos. – Ele vai pra longe. E logo. Dou a minha palavra...

– NÃO! – disse Rike, o rosto ficando mais vermelho e furioso. – E se mandar *ele* para longe não for o suficiente? E se eu crescer e ficar como meu pai? Eu fico tão... – começou ele, mas sua voz ficou entrecortada e seus olhos começaram a lacrimejar. – Eu não sou bom. Sei disso. Sei disso melhor que ninguém. É como você disse, eu tenho o mesmo sangue dele. Ela precisa ficar protegida de mim. Se eu crescer todo torto, ela vai precisar do amuleto para... Ela precisa de algo que me faça ir embor...

Rike travou os dentes, incapaz de prosseguir.

Bast estendeu o braço e tocou o ombro do menino, que estava rígido como um pedaço de madeira. Devagar, Bast se aproximou e colocou os braços em torno dos ombros dele. Os dois ficaram assim por um longo momento, Rike rígido como a corda de um arco, tremendo como a vela de um barco contra o vento.

– Rike – disse Bast, com suavidade. – Você é um menino bom. Sabia disso?

O menino então se entregou ao abraço de Bast. Parecia que ia se partir de tanto soluçar. Seu rosto estava pressionado contra a barriga de Bast e ele dizia alguma coisa, que saía abafada e desconexa. Bast murmurou algo, como faria para acalmar um cavalo ou uma colmeia de abelhas agitadas.

A tempestade passou e Rike se afastou, esfregando com força a manga da camisa no rosto. O pôr do sol se espalhara, tomando todo o firmamento com retalhos de rosa e vermelho.

– Certo – disse Bast, erguendo os olhos para o céu. – Está na hora. Vamos fazer o amuleto para a sua mãe.

<hr />

Os dois desceram para a margem do riacho para beber um pouco de água, e também para Rike lavar o rosto e se recompor. Quando o rosto do menino estava mais limpo, Bast notou que nem todas as manchas eram de sujeira. Era fácil cometer esse erro. O sol de verão havia bronzeado o menino e não faltara sujeira por todo lado. Mesmo limpo, era difícil distinguir quando as manchas eram marcas de machucados.

Mas os olhos de Bast eram aguçados. Mesmo à luz que esmorecia ele as viu, olhando agora com atenção. Bochecha e mandíbula. Uma mancha escura em volta de um pulso magro. E, quando Rike se inclinou para tomar um gole de água do riacho, Bast viu de relance as costas do menino.

Bast ficou estranhamente calado enquanto conduzia o menino de volta para a pedra cinzenta no sopé da colina. Rike o seguiu sem dizer nada enquanto Bast escalava uma lateral da pedra meio caída. Os dois tinham espaço mais que suficiente para ficar de pé nas costas amplas da pedra.

Rike olhou em torno, ansioso, preocupado que alguém pudesse vê-los. Mas os dois eram as únicas pessoas ali. Estavam na virada do dia, na hora em que todas as crianças da cidade corriam de volta para jantar, apressando-se para chegar em casa antes que a noite se fechasse por completo.

Os dois estavam de frente um para o outro, em pé na grande pedra cinzenta, o alto perfil escuro que se parecia muito com um homem. O pequeno perfil escuro que se parecia muito com um menino.

– Precisaremos fazer algumas mudanças para que o amuleto sirva para a sua mãe – comunicou Bast, sem preâmbulos. – Você tem que dar o amuleto para ela. Pedra de rio funciona melhor se for oferecida como um presente.

Rike assentiu com seriedade, olhando para a pedra em sua mão.

– E se ela não usar a pedra? – perguntou ele, baixinho.

Bast piscou, meio confuso.

– Ela vai usar porque você deu o amuleto para ela.

– Mas o que acontece se ela não usar? – perguntou Rike.

Bast abriu a boca, depois hesitou e a fechou de novo. Olhou para cima bem na hora de ver as primeiras estrelas do crepúsculo surgirem. Baixou os olhos para o garoto. Suspirou. Ele não era bom naquilo.

Boa parte da tarefa era fácil. Os corações eram mais fáceis de ler que os livros. A glamouria não era muito mais do que garantir que as pessoas vissem aquilo que já tinham planos de ver. E enganar pessoas bobas não podia ser considerado gramaria.

Mas aquilo? Convencer alguém da verdade que ele está confuso demais para enxergar? Como poderia Bast começar a desfazer um nó daqueles?

Era intrigante. Aquelas pessoas, tomadas e esgarçadas por seus desejos. Uma cobra nunca envenenaria a si própria, mas essas pessoas faziam disso uma arte. Elas se embrulhavam em temores e choravam por serem cegas. Era exasperador. Era o bastante para partir um coração.

Então Bast tomou o caminho mais fácil.

– É parte do encanto – mentiu. – Quando der o amuleto pra ela, precisa dizer que o fez para ela porque a ama.

O menino parecia desconfortável, como se estivesse tentando engolir uma pedra.

– É a única maneira para ele funcionar de forma adequada – declarou Bast, com firmeza. – E, se quiser que a magia seja forte, precisa dizer que a ama todos os dias. Uma vez de manhã e outra vez à noite.

O menino respirou fundo, tentando juntar forças, antes de assentir com um olhar determinado.

– Tudo bem. Posso fazer isso.

– Ótimo! – disse Bast. – Primeiro, diga o nome de seu pai.

– Jessom Williams – pronunciou Rike, como se preferisse cuspir.

Bast fez que sim com a cabeça.

– Sente-se aqui. Faça um furo no dedo.

Os dois se sentaram de frente um para o outro, ambos com as pernas cruzadas sobre a pedra cinzenta. Bast estendeu seu lenço sobre a pedra e Rike colocou a pedra de rio escura sobre ele antes de pegar a agulha e furar o dedo.

Apanhando a pedra outra vez, Rike observou enquanto uma gota de sangue brotava e, logo em seguida, caía sobre a superfície lisa e escura.

– Três gotas – disse Bast, num tom pragmático.

147

O menino deixou que mais duas gotas caíssem e estancou o sangue com o outro dedo. À luz que esmorecia, o tom escuro da pedra não mudou nada.

Bast apanhou o lenço, mas, assim que olhou de volta para entregá-lo ao menino, ele congelou diante do que viu.

Contrastando com o vibrante céu do crepúsculo, logo acima do ombro do menino, estava o dedo negro da árvore do raio. Bem em cima da cabeça de Rike, a lua crescente. Pairava ali como a lâmina de uma foice. Uma tigela.

Pairava sobre a cabeça do menino, brilhante como ferro. Assentada como uma coroa, como chifres. Estava claro!

Bast riu nesse momento; o riso explodiu nele, selvagem e delicioso. As risadas soaram como crianças brincando na água, como sinos e pássaros, como alguém rompendo correntes.

Sem saber disso, naquele momento Bast se parecia com o demônio.

Bast estendeu a mão, com um sorriso grande e branco, a risada louca borbulhando nas bordas da sua voz.

– Ótimo! – disse ele, num tom de triunfo. – Me dê a agulha!

Rike hesitou.

– Você falou que só precisava…

Bast riu de novo. Ele tinha noção de que não deveria fazer aquilo, mas havia ocasiões em que era rir ou explodir, porque ele estava cheio demais. Teria sido como segurar um espirro. Algumas vezes, o mundo era tão perfeitamente revelado como uma piada, um quadro e um enigma, tudo ao mesmo tempo. O riso era o verdadeiro aplauso que você oferecia ao mundo por ele ser belo.

E se houvesse ainda algum aplauso restante para sua pessoa, então aquilo era mais do que justo. Não era nada de mais conseguir achar seu caminho em alinhamento com a perfeita costura de tudo. Mas e se você tiver o dom de ver que era ali que você estava? Bem, então você escolhe. Você rasga ou costura. Era nesse momento que aprendia o tipo de artista que realmente era.

– Não diga o que eu falei – disse Bast. Ao mesmo tempo que sua voz era aguda e selvagem, não era cortante nem dura. Ele ergueu os olhos para o céu. A cor púrpura anunciava o crepúsculo.
– Segure a pedra deitada, para que o buraco fique para cima.

Rike fez o que ele mandou.

– E a agulha.

Rike estendeu o braço. Bast tomou a agulha nas mãos com um cuidado deliberado, como se apanhasse uma urtiga. Como se seu polegar e indicador segurassem uma cobra.

Fechou os olhos e escutou a respiração de Rike, a brisa. Seu lugar. Ouviu o lento rolar das águas do riacho que contornava o sopé da colina. Ele o sentiu correndo em seus ossos, no fluxo do sangue.

Sorrindo, Bast abriu os olhos de novo.

– Segure firme.

Na luz que esmorecia, Rike olhou para ele. Os olhos de Bast estavam escuros como a escuridão. Ele sorria como uma criança que sabia que era esperta, ligeira e selvagem o suficiente para roubar a lua.

Bast enfiou com força a agulha no polegar. Uma gota de sangue brotou. Ele virou a mão de um jeito estranho no ar. A gota negra pairou um momento antes de cair no centro do amuleto e atingir a pedra cinzenta.

Não se ouviu som algum. Nenhuma agitação no ar ou trovão distante. O máximo que se podia dizer era que a noite estava de certo modo calma.

– Isso é tudo? – perguntou Rike após um momento, claramente na expectativa de algo a mais.

– Começou bem – disse Bast, lambendo o sangue de seu polegar. Em seguida, mexeu um pouco a mandíbula e cuspiu a cera

de abelha que estava mascando. Fez com ela uma bolinha entre os dedos e a entregou para Rike: – Esfregue isto na pedra, e depois você precisa se sentar ao lado da árvore do raio.

Rike olhou para cima na direção do último resquício do ocaso.

– Eu… Minha mãe vai ficar se perguntando onde estou.

Bast assentiu com aprovação.

– Você está certo de pensar nisso. Mas ainda temos que fazer o resto – completou ele, apontando para a árvore. – Você sabe o que é uma vigília?

Rike concordou com a cabeça, meio entorpecido, parecendo ter menos certeza que antes.

– Esta é a segunda parte. Você precisa fazer uma vigília com seu amuleto – orientou Bast. – Você deve segurá-lo e me esperar. Pense em quem você é e em quem quer ser. Quando tiver focado nisso, deve pensar em como você ama sua mãe – disse Bast, olhando para cima outra vez. – A terceira parte vem depois, quando a lua estiver mais alta no céu.

Rike se levantou e começou a subir a colina.

Bast saltou lépido da pedra cinzenta e logo desapareceu entre as árvores.

CREPÚSCULO: CENOURAS

Bast já estava a meio caminho da Pousada Marco do Percurso quando percebeu que não fazia ideia de onde haviam ficado as cenouras.

NOITE: DEMÔNIOS

Quando entrou pela porta dos fundos da pousada, Bast foi recebido pelo cheiro de pão no forno, cerveja escura e pimenta do cozido fervendo em fogo baixo. Olhando em torno da cozinha, viu migalhas na tábua de cortar pão e a tampa fora da chaleira. O jantar já tinha sido servido.

Pisando de leve, espiou o salão. Os fregueses usuais estavam lá, debruçados sobre o balcão. Ali estavam o velho Cob e Graham, raspando as colheres nas tigelas. O aprendiz de ferreiro passava pão no que sobrara do cozido e, em seguida, colocava-o na boca, um pedaço após outro. Jake passava manteiga na última fatia de pão, e Shep batia educadamente sua caneca vazia no balcão, o som oco já sendo em si uma pergunta.

Bast entrou às pressas pela porta com uma nova tigela de cozido para o aprendiz de ferreiro, enquanto o hospedeiro servia mais cerveja para Shep. Apanhando a tigela vazia, Bast desapareceu dentro da cozinha e voltou com outro pão meio fatiado e fumegando.

– Adivinhem o que fiquei sabendo hoje? – disse o velho Cob com o sorriso presunçoso de um homem que sabe que tem a melhor novidade da mesa.

– O que foi? – perguntou o aprendiz enquanto mastigava um bocado de cozido.

O velho Cob esticou o braço e apanhou a ponta do pão, um privilégio que reivindicava por ser o mais velho ali – apesar de não ser de fato o mais velho e de que ninguém mais apreciava a ponta. Bast suspeitava que ele a pegava porque se orgulhava de ainda lhe restarem tantos dentes.

Cob sorriu.

– Adivinhem – disse ele para o aprendiz, e depois lambuzou o pão com muita manteiga e deu uma mordida.

– Aposto que tem alguma coisa a ver com Jessom Williams – sugeriu Jake, displicente.

O velho Cob olhou furioso para ele, com a boca cheia de pão com manteiga.

– O que ouvi falar – revelou Jake de um modo arrastado, sorrindo enquanto o velho Cob tentava furiosamente engolir seu pão – foi que Jessom estava verificando suas fileiras de armadilhas quando um puma o atacou. Daí, quando estava fugindo, perdeu o rumo e acabou caindo no Riopequeno. Ele se arrebentou todo!

O velho Cob finalmente engoliu o pão.

– Você é inteligente feito um poste, Jacob Walker. Quem disse que foi um puma?

Jake fez uma pequena pausa antes de responder:

– É que faz sentido…

– Não sei por que você cisma tanto com pumas – disse o velho

Cob, olhando com fúria para ele. – Jessom só estava caindo de bêbado, foi isso que ouvi. O Riopequeno não fica perto das armadilhas dele. A não ser que ache que um puma o perseguiu por quase três quilômetros...

Então o velho Cob se encostou no seu assento, convencido como um juiz.

Jake lançou um olhar venenoso para o velho Cob, mas, antes que pudesse dizer algo mais a favor dos pumas, Graham se intrometeu:

– Duas crianças o encontraram quando estavam brincando perto da cachoeira. Pensaram que estava morto e correram para avisar a polícia. Mas no fim ele só tinha machucado a cabeça e estava bêbado feito um gambá. Uma menininha contou que estava cheirando a bebida e tinha se cortado com algum caco de vidro.

O velho Cob jogou as mãos para o alto.

– Ah! que maravilha! – exclamou ele, alternando o olhar zangado entre Graham e Jake. – Tem mais alguma parte da minha história que queiram contar antes que eu termine?

Graham parecia surpreso.

– Achei que você...

– Eu não tinha terminado – interrompeu Cob, como se conversasse com um simplório. – Eu a estava contando devagar. Por Tehlu! O que vocês não sabem sobre a arte de contar histórias encheria um livro.

Um silêncio nervoso se impôs entre os amigos.

– Eu também tenho uma notícia – disse o aprendiz com uma expressão quase tímida.

Ele estava ligeiramente curvado sobre o balcão, como se tivesse vergonha de ser uma cabeça mais alto que todos ali e duas vezes mais largo de ombros.

– Se ninguém mais ouviu falar, quero dizer.

Shep se adiantou.

– Conte, rapaz. Você não precisa perguntar. Esses dois trocam farpas há anos. Isso para eles não significa nada.

O aprendiz concordou, sem se importar por ter sido chamado de "rapaz", apesar de fazer a maior parte dos serviços de ferraria da cidade e de beber com os outros homens havia dois anos.

– Bem, eu estava trabalhando com umas ferraduras quando Martin Maluco entrou – contou, agitando a cabeça, surpreso, e tomando um belo gole de cerveja. – Eu o tinha visto apenas algumas vezes na cidade, e me esqueci de como ele é grande. Não tenho que olhar para cima para vê-lo, mas ainda é maior que eu. E hoje estava cuspindo marimbondos! Parecia que alguém tinha amarrado dois touros bravos juntos e os forçado a vestir uma camisa – disse o rapaz rindo aquele sorriso relaxado e largo de alguém que bebeu um pouquinho a mais do que estava acostumado.

Fez-se uma pausa.

– Mas então, qual é a notícia? – perguntou polidamente Shep, dando uma cutucada no rapaz.

– Ah! – exclamou o aprendiz. – Ele chegou perguntando ao Mestre Ferris se tinha cobre o suficiente para consertar um tacho grande – continuou ele, fazendo um gesto com os braços para mostrar as dimensões do tacho, e uma de suas mãos quase esbarrou no rosto de Shep. Depois prosseguiu: – Parece que alguém descobriu a destilaria dele – disse ele, inclinando-se para a frente, balançando um pouco o corpo e dizendo baixinho: – Roubaram um tanto da bebida dele e bagunçaram um pouco o lugar. – O aprendiz se recostou e cruzou os braços num gesto orgulhoso, convencido de ter contado bem sua história.

Mas não se ouviu nada do zum-zum que normalmente acompanha uma boa fofoca. O rapaz tomou outro gole de cerveja e começou lentamente a parecer confuso.

– Por Tehlu! – exclamou Graham, pálido. – O Martin vai matar ele.

– O quê? – indagou o aprendiz, olhando ao redor e piscando como uma coruja. – Quem?

– Jessom, seu inútil – interrompeu Jake. Ele tentou dar um tapa na nuca do rapaz, mas não alcançou e teve que se contentar com o ombro. – O sujeito que ficou bêbado como um gambá no meio do dia e caiu de um barranco?

– Achei que era um puma – disse o velho Cob, num tom provocador.

– Ele vai desejar que fossem dez pumas quando o Martin o pegar – replicou Jake, num tom sombrio.

– O quê? – indagou o aprendiz, rindo. – O Martin Maluco? Ele é meio confuso, tudo bem, mas ele não é *maldoso*. No mês passado me cercou e ficou falando sem parar sobre a cevada por duas horas – disse ele, rindo de novo. – Sobre como a cevada faz bem pra saúde. Como o trigo arruína um ser humano. Como o dinheiro é sujo e acorrenta você à terra e alguma outra bobagem desse tipo.

O aprendiz baixou a voz e curvou os ombros um pouco, arregalando os olhos e fazendo uma imitação razoável de Martin Maluco:

– *Você sabe?* – disse ele, fazendo uma voz rouca e lançando os olhos para todos os lados. – *É isso aí, você sabe. Tá ouvindo o que eu tô dizendo?*

O aprendiz riu mais uma vez, um pouco mais alto do que riria se estivesse sóbrio.

– As pessoas acham que devem ter medo de pessoas grandes, mas não é nada disso. Na minha vida toda, nunca bati num ser humano.

Todos olharam para ele com uma expressão mortalmente séria.

– Martin matou um dos cachorros do Ensal uns anos atrás

– disse Shep. – Bem no meio da rua. Usou uma pá como se fosse uma espada.

– Quase matou aquele último padre – disse Graham para dentro de sua caneca, antes de tomar outro gole. – Aquele antes do abade Leoden. Ninguém sabe por quê. O sujeito foi até a casa do Martin. Naquela noite, Martin o trouxe para casa num carrinho de mão e o deixou na frente da igreja. Quebrou o queixo dele. Algumas costelas também. O padre ficou três dias inconsciente. Mas isso foi antes do seu tempo. Faz sentido que não tenha ficado sabendo.

– Deu um murro num latoeiro uma vez – acrescentou Jake.

– *Deu um murro num latoeiro?!* – exclamou o dono da pousada, incrédulo.

– Reshi – respondeu Bast com suavidade. – O Martin é louco *de pedra.*

Jake assentiu.

– Nem o homem dos impostos vai na casa do Martin.

Cob deu a impressão de que ia gritar com Jake outra vez, mas decidiu assumir um tom mais suave:

– Bem, é isso. É a pura verdade. Tudo porque Martin se acabou no exército do rei. Oito anos.

– E voltou maluco como um cão raivoso – complementou Shep, mas baixinho.

O velho Cob já havia se levantado de seu banco e estava a meio caminho da porta.

– Chega de conversa. Temos que contar pro Jessom. Ele precisa sair da cidade até que o Martin se acalme...

– Ele só vai se acalmar quando Jessom morrer – disse Jake. – Lembra quando Martin jogou um cavalo pela janela da velha hospedaria porque o homem do bar não quis dar mais uma cerveja pra ele?

– *Um latoeiro?* – repetiu o hospedeiro, tão chocado quanto da vez anterior.

Fez-se silêncio quando veio o som de passos lá fora. Olhando para a porta, todos ficaram imóveis, a não ser por Bast, que foi andando na direção da cozinha.

Todos respiraram fundo, aliviados, quando a porta se abriu para revelar a figura alta e magra de Carter, que a fechou atrás de si, sem perceber a tensão que tomava conta do ambiente.

– Adivinhem quem vai pagar uma rodada de uísque para todo mundo hoje? – gritou ele, alegremente, e depois parou, confuso com as expressões sérias que enchiam o salão.

O velho Cob começou a ir na direção da porta mais uma vez, fazendo um sinal para que o amigo o seguisse.

– Venha, Carter, vamos explicar tudo no caminho. Temos que encontrar o Jessom rápido e rasteiro.

– Vocês vão ter que viajar muito para encontrá-lo – disse Carter. – Eu o levei até Baedn esta noite.

Todos no salão relaxaram.

– É por isso que você está tão atrasado – concluiu Graham com a voz cheia de alívio, sentando-se de novo em seu banco e tamborilando no balcão. Bast lhe serviu mais uma cerveja.

Carter franziu o cenho.

– Não estou tão atrasado assim – queixou-se ele. – O caminho inteiro até Baedn e depois de volta. Mesmo com a estrada seca e a carroça vazia, fiz o trajeto num tempo muito bom…

O velho Cob colocou a mão no ombro do homem.

– Não, não é isso – disse ele, conduzindo o amigo na direção do bar. – Nós só estamos um pouco assustados. Você provavelmente salvou a vida daquele infeliz quando o levou para fora da cidade – completou ele, olhando de lado. – Embora eu já tenha avisado para não andar sozinho nas estradas nesses dias.

O hospedeiro trouxe uma tigela para Carter enquanto Bast foi lá fora cuidar do cavalo dele. Enquanto ele jantava, os amigos lhe contaram a fofoca do dia.

– É... isso explica tudo – disse Carter. – Jessom chegou cheirando como um pau-d'água e com uma aparência de quem tinha apanhado de sete demônios diferentes.

– Só sete? – perguntou Bast.

Carter tomou um gole e pareceu dar à pergunta mais atenção do que ela merecia.

– Sim. Mas eram demônios diferentes, veja bem. Assim, como se um tivesse uma preferência por murros e outro o atacou com chicotadas, e...

Ele então parou de falar e franziu a testa ao perceber que não conseguia pensar em mais de dois tipos de demônio.

– E um que poderia ir atrás dele com uma garrafa – disse Shep, tentando ajudar. Na juventude ele trabalhara um pouco como fiscal de estrada, e já tinha visto casos escabrosos.

– E um que começa a chutar quando derrubam o sujeito – acrescentou o aprendiz de ferreiro animado, levantando sua caneca, que estava quase vazia.

– Não posso imaginar que exista um demônio que queira só um chicote – disse Graham para Jake, pensativo. – Parece que falta cerveja aí.

– Eu aceitaria de bom grado um tiro nas tripas no lugar de uma boa surra de chicote – respondeu Jake, meio filósofo. – Minha velha avó mal conseguia levantar um gato do chão, mas me dava cada sova que me fazia ver estrelas.

– ... bem nas bolas – acrescentou o aprendiz de ferreiro, fazendo um gesto entusiasmado com um pé.

O velho Cob limpou a garganta e a conversa morreu.

– Vamos supor que fosse um grupo apropriadamente variado de demônios – falou ele, olhando para todos muito sério antes de acenar para que Carter continuasse.

– Sem considerar o número – concedeu Carter –, os demônios presentes ali fizeram questão de mostrar todo o seu valor. Jessom estava estropiado, havia algo errado com o braço dele, estava inerte. Me pediu para levá-lo para o Salão de Ferro e retirou o soldo do rei ali mesmo.

Carter tomou um gole de cerveja.

– Daí trocou a moeda e me propôs pagar em dobro para eu o levar direto para Baedn. Perguntei se ele queria parar para trocar de roupa, ou qualquer coisa do tipo, mas ele parecia estar com muita pressa.

– Não precisa levar mala – disse Shep. – Vão dar roupas e comida para ele no exército do rei.

Graham suspirou.

– Foi por pouco. Vocês podem imaginar o que aconteceria se Martin pusesse as mãos nele?

– Imaginem o que aconteceria se o juiz viesse atrás de Martin – disse Jake num tom sombrio.

Todos fizeram silêncio por um momento. Às vezes as pessoas morriam. Mas o assassinato sumário implicava a lei da Coroa. Era muito fácil imaginar o problema que teriam se um oficial da Coroa fosse atacado ali na cidade enquanto estivesse tentando levar o Martin Maluco preso.

O aprendiz de ferreiro olhou em torno para todas as expressões.

– E a família de Jessom? – perguntou ele, visivelmente preocupado. – Será que o Martin vai atrás deles?

Todos os homens no balcão balançaram a cabeça.

– O Martin é louco – disse o velho Cob –, mas não esse tipo de louco. Não do tipo que persegue uma mulher ou seus filhos pequenos.

– Ouvi dizer que ele deu um soco naquele latoeiro porque estava se engraçando com a pequena Jenna – comentou Graham.

O grupo resmungou alguma coisa ao ouvir aquilo, e o ruído foi como o de um trovão à distância.

Depois que o ruído se desfez, houve um momento de silêncio.

– Não – disse o velho Cob baixinho. – Não foi isso.

Todos no salão se voltaram para olhar para ele, surpresos. Eles conheciam Cob desde sempre, o bastante para ter ouvido cada história que ele sabia. A ideia de que ele pudesse ter ocultado alguma era quase impensável.

– Encontrei o latoeiro depois que ele tinha feito a maior parte das suas vendas – disse Cob, sem levantar os olhos da sua cerveja. – Eu estava esperando, e queria pedir alguns itens… de uso pessoal – continuou. Depois parou, suspirou e deu de ombros. – Ele falou um pouco demais sobre o assunto. E… bem, vocês me conhecem, eu pedi para ele baixar o tom.

O velho ficou calado de novo, em seguida retomou a narrativa.

– E ele meio que me deu um empurrão. Não estava esperando aquilo, por isso caí no chão. E ele… bem, ele me bateu um pouco.

A fumaça na lareira fazia mais ruído que todos os outros homens juntos, enquanto o velho Cob girava sua caneca nas mãos, ainda sem erguer os olhos.

– Disse umas coisas também, mas não me lembro muito bem dos detalhes.

A sombra de um sorriso se insinuou no rosto do velho quando ele levantou os olhos da cerveja.

– Então Martin dobrou a esquina – disse ele, olhando para Jake e Graham. – Vocês sabem como Martin fica todo atrapalhado às vezes?

Jake fez que sim com a cabeça.

– Ele me encontrou uma vez no jardim – comentou Jake. – E me perguntou por que os mourões da minha cerca não eram quadrados. Não consegui nem imaginar o que ele queria dizer, e nada do que eu respondia fazia sentido para ele. Mas ele ficou ali, como um cachorro mordendo a própria perna. Falou até o pôr do sol. Eu não conseguia entender. Também não ia embora.

Cob tocou o próprio nariz.

– É isso – disse ele. – Nunca vi um homem que consiga empacar tanto quanto Martin. Mas, naquela noite em particular, Martin me viu ali com aquele grande safado pisando em mim e com sangue em seu punho – explicou Cob, balançando a cabeça. – Naquele momento, ele não estava atrapalhado. Não disse nada. Nem piscou. Martin nem mesmo parou de andar. Ele apenas se virou um pouco e foi na direção do latoeiro.

O velho Cob deu uma risadinha abafada, com um ar de satisfação maliciosa.

– Foi como um martelo batendo num presunto. Jogou o sujeito bem no meio da rua. A três metros, eu juro. Depois Martin olhou para mim ali, deitado como uma barata de costas, foi até o sujeito e o chutou com força e vontade.

Cob fez um gesto afirmativo com a cabeça para o aprendiz de ferreiro. Depois continuou:

– Chutou com força e vontade, mas não com tanta força quanto *poderia* ter empregado. E só uma vez. A expressão no rosto dele era a coisa mais assustadora. Eu tinha certeza de que estava apenas acertando contas na sua cabeça. Como o usurário ajustando a balança.

– Aquele não era nem um latoeiro de verdade – disse Jake com um tom desdenhoso. – Eu me lembro dele.

Alguns dos outros assentiram. Cada um aproveitou um momento, deixando o tempo passar e beber sua cerveja.

– E se o Jessom voltar? – perguntou o aprendiz. – Ouvi dizer que os homens ficam bêbados e pegam a moeda para se alistar no exército do rei, depois se acovardam e caem fora quando ficam sóbrios.

Todos pararam para considerar a hipótese. Um destacamento do rei havia passado pela cidade no mês anterior e colocado um aviso, anunciando recompensas para quem denunciasse desertores do exército.

– Por Tehlu! – exclamou Shep numa expressão grave. – Isso não seria uma grande trapalhada real?

– Jessom não voltará – disse Bast, meio indiferente. Havia tanta certeza em sua voz que todos se viraram para ele.

Bast partiu um pedaço de pão e o pôs na boca antes de perceber que se tornara o centro das atenções. Engoliu-o meio sem jeito e fez um gesto amplo com os dois braços.

– O que foi? – perguntou para eles, sorrindo. – *Vocês* voltariam, sabendo que Martin Maluco estaria esperando vocês?

Houve um coro de resmungos negativos e cabeças balançando.

– Mesmo assim, você deve ser um tipo especial de idiota para esculachar o Martin desse jeito – disse o velho Cob.

– Talvez oito anos seja o suficiente para o Martin se acalmar um pouco.

– Talvez eu emprestasse dinheiro para um príncipe se soubesse que ele me devolveria – disse Jake. – Mas eu ia esperar sentado.

MEIA-NOITE: LIÇÕES

Rike estava solenemente sentado ao pé da árvore do raio quando Bast retornou. Ele se levantou empertigado, erguendo os olhos para Bast.

– O que aconteceu? – perguntou ele.

Bast assentiu.

– Boa pergunta – respondeu ele, com ar sombrio. – De muitas formas, é a única pergunta importante que existe.

Rike aguardou, paciente, sem dizer nada.

– Lembra o nosso trato? – perguntou Bast ao menino.

Rike estava tremendo um pouquinho, embora Bast não fosse capaz de saber se era de medo, cansaço ou frio. Ele concordou com a cabeça, lentamente.

– Sim, senhor.

Bast piscou ao ouvir aquilo, apenas uma vez. Depois ergueu

os olhos para ver a lua que estava sobre eles. Sobre a árvore. Sobre o menino.

– Agora faremos a coisa mais importante. Você teve algum tempo para pensar sobre isso – disse Bast, baixando os olhos para o menino. – Então, me diga quem você acha que é.

Ele esperava que o menino fosse falar qualquer besteira e depois se fechar como uma concha, forçando Bast a arrancar uma resposta dele. Mas Rike o surpreendeu.

– Eu sou um mentiroso – respondeu ele, com uma voz firme e grave. – Odeio as pessoas com muita facilidade. Fico irritado o tempo todo – disse ele, engolindo em seco na sequência. – Eu queria ter um demônio na minha sombra, mas não tenho. Eu queria apenas não valer nada, mas sou pior que isso. Não é que eu seja bom e alguma coisa me faz ficar mau. Sou assim e pronto. Sou como o meu pai.

Bast inclinou a cabeça, considerando a resposta, mas sem dar sinal de que concordava com ela.

– Agora diga quem você quer ser.

Mais uma vez, não houve hesitação.

– Quero ser o menino que eu era quando só havia minha mãe e eu – respondeu ele, com os olhos subitamente cheios de lágrimas, que começavam a descer pelo seu rosto. – Não quero mais me sentir como me sinto.

Nesse momento, Bast se aproximou dele com um gesto amável que era levemente estranho. Sem perceber, Rike tentou se afastar, mas suas costas já estavam pressionadas contra a lateral lisa da árvore branca feito osso.

Movendo-se devagar, Bast se inclinou e aproximou seu rosto ao de Rike. Seus olhos estavam pretos, da cor da lua quando vai embora.

– Você é meu – disse Bast. – Cada partezinha sua. Língua e dentes. Nome e nuca.

Aquilo não era exatamente uma pergunta, mas alguma coisa na voz dele tornava claro que ele esperava uma resposta.

O menino concordou rigidamente com a cabeça.

Bast estendeu o braço para tocar com a mão a lateral da árvore acima da cabeça de Rike. Ele então caminhou no sentido anti-horário até ficar diante do menino de novo.

– A parte do seu pai que vive na sua sombra? Ela é minha. O medo de você crescer e se transformar nele? É meu também. A parte que odeia em si e sente que ele estava certo em odiar. É tudo meu. Estou retirando tudo isso para sempre – pronunciou ele, numa voz que parecia um cinzel contra uma pedra. – *Agora*.

Bast fez mais um círculo em volta do menino. Movia-se contra o mundo, na direção do rompimento.

– Você não é um mentiroso – disse Bast. – Repita isso.

Rike abriu a boca, depois parou.

Completando sua volta em torno da árvore, Bast se inclinou e aproximou o rosto ao do menino outra vez.

– Você é só um menino que mentiu – disse ele numa voz que parecia uma chicotada. – Repita isso.

– Eu só menti – disse Rike baixinho. – Eu não sou um mentiroso.

– Você fez coisas más – continuou Bast –, mas você não é mau. Repita isso.

– Eu não sou mau.

Devagar, como se estivesse andando contra o vento ou embaixo d'água, Bast deu o passo que encerrou sua terceira e última volta. O ar estava parado. Não havia nem o estrilar de um grilo. A noite prendeu a respiração como uma moeda em pé.

Bast parou e se postou diante do menino.

– Você não é pior do que alguém que não vale nada – afirmou ele, descendo a mão da árvore e a pousando aberta sobre o peito de Rike, sobre seu coração.

Os olhos de Rike estavam fechados. Mesmo assim, ele sentia o rosto de Bast bem perto.

– Você é precioso como a lua – declarou Bast, numa voz suave e segura.

Bast sentiu o hálito de Bast acariciando de leve seu rosto. Tinha um cheiro de mel e violeta. A boca de Rike se moveu sem que ele dissesse nada. Seus olhos ainda estavam fechados.

Bast colocou a mão no tronco e deu uma volta na árvore na direção oposta. Seus pés traçaram um círculo rente em torno da árvore, em torno do menino, em torno da lua lá em cima. Ele se moveu na direção em que o mundo gira, na direção em que as coisas são moldadas, no modo que inclina as coisas para que sejam mais do que haviam sido. Naquele momento, naquele lugar, Bast prendeu o desejo de seu coração como se fosse um prego que martelaria com toda a força no mundo.

Outra volta no sentido horário. Parando por um instante, Bast pousou a mão que não tocava a árvore sobre a cabeça de Rike.

– Pense em tudo o que fez para mantê-las a salvo – disse ele. – Você é corajoso, forte e cheio de amor.

Com os dedos passando de leve na superfície da árvore, Bast completou a terceira volta na direção de criar as coisas. Finalizou seu círculo completo, afastou a mão e se ajoelhou para acolher o menino em seus braços.

E, por fim, sussurrou no ouvido de Rike algo tão verdadeiro que apenas o menino poderia escutar.

<hr />

Bast aguardava Rike no sopé da colina. Estava sentado sobre a grande pedra caída, balançando as pernas distraidamente, enquanto observava vaga-lumes tentando flertar com as estrelas refletidas no riacho. Bast sorriu e não pôde deixar de se impressionar com essa aspiração incrível. Quem dera todas as pessoas pudessem ser tão corajosas...

Observando Rike descer a colina devagar, Bast sorriu quase exatamente da mesma forma. Kostrel tinha razão: aquela era a forma fácil. Você apenas acrescentava uma camada, creme por cima do glacê num bolo.

Sem dizer nada, Bast saltou da pedra cinzenta e os dois foram andando na mata iluminada pelo luar, seguindo os rastros mais leves que apenas as corças e as crianças conhecem. No meio do caminho, Bast se surpreendeu no momento em que Rike esticou o braço e pegou sua mão. Surpreso, mas não incomodado. Bast deu um leve aperto na mão do menino, sem olhar para ele.

Pegaram um atalho pelo pomar dos Alsom, mas as maçãs ainda estavam pequenas e verdes. Saltaram por sobre uma ravina com um riachinho gorgolejante e perdido correndo lá embaixo. Assustaram um gambá, contemplaram as estrelas e passaram sorrateiramente por baixo da antiga sebe que contornava o velho moinho abandonado.

Permaneceram juntos até que avistaram a lamparina cor de âmbar na janela da casa da mãe de Rike. Aí Bast parou e deixou que o menino desse sozinho os últimos passos.

<hr />

Já era tarde na Marco do Percurso, e os últimos fregueses já haviam se despedido. Aquela fora uma noite mais alegre, que tinha se prolongado até mais tarde do que o normal, com todas as notícias e a animação de Carter, que não parava de gastar dinheiro.

Agora, Bast e o hospedeiro estavam sentados na cozinha fazendo a própria refeição tardia com meio pão e o que sobrara do cozido.

– E aí? O que aprendeu hoje, Bast? – perguntou o hospedeiro.

Bast abriu um largo sorriso.

– Hoje, Reshi, descobri onde Emberlee toma banho!

O hospedeiro inclinou a cabeça, pensativo.

– Emberlee? Filha dos Alard?

– Emberlee Ashton! – respondeu Bast jogando os braços para cima e fazendo um ruído exasperado. – Ela é só a terceira moça mais bonita num raio de 35 quilômetros, Reshi!

– Ah! – exclamou o hospedeiro, com um sorriso sincero se acendendo em seu rosto pela primeira vez naquele dia. – Você vai ter que me apresentá-la alguma hora.

Bast sorriu.

– Vou levá-lo amanhã lá – disse ele, entusiasmado. – Ela é doce como mel e tem ancas do céu – continuou, alargando ainda mais o sorriso, que assumiu proporções maliciosas. – Ela é uma ordenhadora, Reshi – completou ele, enfatizando a última palavra. – Uma *ordenhadora*.

O hospedeiro balançou a cabeça e, ao mesmo tempo, um sorriso incontido se espalhou em seu rosto. Por fim, começou a dar umas risadinhas e ergueu a mão.

– Você pode apresentá-la para mim quando ela estiver vestida, Bast – disse ele, impassível. – Isso já basta.

Bast deu um suspiro de desaprovação.

– Sair um pouco faria bem para você, Reshi.

O hospedeiro deu de ombros.

– Pode ser – respondeu ele, mexendo distraidamente seu cozido.

Os dois comeram em silêncio por um longo tempo. Bast tentava encontrar algo para dizer.

– Eu consegui as cenouras, Reshi – disse ele, enquanto pegava a última concha de cozido do tacho de cobre e a despejava em sua tigela.

– Antes tarde do que nunca – disse o hospedeiro. A breve risada anterior já havia se desvanecido, deixando-o indiferente e sombrio. – Podemos usá-las amanhã.

Bast se movimentou em seu assento, envergonhado.

– Mas acho que as perdi em seguida – declarou ele, num tom humilde.

Isso arrancou do hospedeiro mais um sorriso, cansado mas genuíno.

– Não se preocupe, Bast.

Em seguida, seus olhos se semicerraram quando notou a mão de Bast.

– Como você se machucou?

Bast baixou os olhos para os nós dos dedos de sua mão direita. Não estavam mais sangrando, mas o ferimento ainda era óbvio. A mão esquerda estava melhor, apenas levemente arranhada.

– Caí de uma árvore – respondeu Bast.

Sem mentir, mas também sem responder à pergunta. Era melhor não mentir completamente. Mesmo naquele estado, apenas uma sombra do que costumava ser, seu mestre não se enganava com facilidade.

– Você deveria tomar mais cuidado, Bast – disse o hospedeiro, remexendo distraidamente o resto de sua comida.

– Eu *tomei* cuidado, Reshi – disse Bast. – Tomei o cuidado de cair na grama e tudo mais.

Isso arrancou do hospedeiro outro sorriso, mas nada mais que isso.

– Como há pouco a fazer por aqui, Bast, seria bom se você dedicasse mais tempo aos seus estudos.

– Eu aprendi coisas hoje, Reshi – protestou Bast.

O hospedeiro ergueu os olhos.

– Ah, é mesmo? – perguntou ele, não conseguindo reprimir o tom cético da voz.

– É, sim! – disse Bast, com uma voz aguda e impaciente. – Um monte de coisas. Coisas *importantes*!

O hospedeiro ergueu uma sobrancelha e sua expressão ficou mais severa.

– Então me conte. Quero ficar impressionado.

Bast pensou por um momento, em seguida se inclinou para a frente na cadeira.

– Bem... – começou ele com uma intensidade conspiratória. – O primeiro e mais importante: posso dizer com bastante certeza que Nettie Williams descobriu uma colmeia selvagem hoje – disse ele, abrindo um sorriso entusiasmado. – Além disso, ouvi dizer que ela capturou a abelha-rainha...

POSFÁCIO

Primeira parte:
água grumosa sem gosto

Vou ser sincero com todo mundo aqui.

Ao longo dos anos, tive muita dificuldade com a escrita. Em raras ocasiões, trata-se de uma dificuldade interessante. É um desafio, como quebrar a cabeça para decifrar uma adivinha ou sair de um *escape room*.

Só que, em geral, não é nada divertido. É parecido com dirigir em uma estrada cheia de buracos ou tentar comprar verduras durante um tornado. Como um daqueles sonhos em que você tenta ir para algum lugar importante, mas, por mais que corra, não consegue se mover...

Revisar esta história para publicá-la foi o primeiro tipo de dificuldade. A tarefa acabou sendo *muito* mais complexa do que previ. Ao mesmo tempo que me sentia culpado pelo tempo empregado nela, podia *sentir* que a história ia ficando melhor. Muito melhor. Assim, a dificuldade extra parecia valer a pena...

Mas e este posfácio? Foi o segundo tipo de dificuldade. Foi adiado até o fim de todas as revisões e orientações da direção de arte porque eu achava que seria fácil. Pelo contrário. Aqui estou eu, tentando escrevê-lo mais uma vez quase um mês após a data em que pretendia terminá-lo.

O problema não é a redação em si. Já escrevi, pelos meus melhores cálculos, entre oito e dez mil palavras sobre coisas que esperava que seriam um posfácio. Contei a história de como a árvore do raio surgiu, depois passou a ser algo novo. Escrevi sobre a desventura de tentar descobrir um novo título. Devaneios sobre a natureza de contos de fadas. Algo que virou um ensaio sobre a universalidade cultural da adivinhação e uma explicação de como os embris passaram a existir em Temerant. Apartes interessantes. Fragmentos filosóficos. Anedotas engraçadas.

Mas, independentemente de como eu juntava essas coisas, nada funcionava.

É provável que vocês não sejam escritores, de modo que apresentarei isto em outro contexto.

Imaginem que vocês vão para uma quitanda, compram frango, batatas e cenouras, depois escolhem várias verduras frescas e, em seguida, passam o dia inteiro fazendo sopa. Vocês adicionam sal, pimenta e alho. Todos os ingredientes que apreciam e sabem que são gostosos. Todos os ingredientes que *deveriam* se combinar para se fazer uma sopa gostosa.

E no fim, após todo o trabalho, apesar de tudo, o que vocês obtêm não passa de água quente e grumosa sem gosto.

Meu último mês foi assim. Continuo juntando fragmentos que deveriam resultar em um posfácio. Em vez disso, só consigo um longo trecho de um texto grumoso com gosto de nada. Isso é exasperador, frustrante e horrível.

Então aqui estou. Preciso terminar isto hoje. Prometi a mim mesmo, ao meu editor e aos meus filhos.

Meu plano é o que estão vendo aqui. Primeiro, vou ser sincero com vocês. Queria apresentar um excelente posfácio. Queria que fosse divertido, informativo, profundo, inteligente, encantador, engraçado, envolvente e agradável. Queria que estampasse um sorriso no coração de vocês e os levasse a esquecer as desgraças do mundo. Esse é o posfácio que vocês merecem.

Mas, ao que tudo indica, não consigo fazer isso. Sinto muito. Darei aqui o melhor de mim e lamento se não for tão bom.

A segunda parte do meu plano é (espero) engenhosa: vou recorrer à única coisa que sempre sei fazer, por mais difícil que tenha sido meu dia. A única coisa de que nunca me cansei ao longo dos anos. A única coisa que sempre me dá prazer.

Vou contar algumas histórias sobre meus filhos.

Segunda parte:
o que meus filhos me ensinaram sobre histórias

Vamos preparar o palco. Aqui estão os personagens principais:

Oot: meu filho mais velho. Recém-adolescente. Precoce. Empático. Atencioso. Cabelo louro e comprido. Meu querido pequeno viking.

Cutie: meu filho mais novo. Na puberdade. Precoce. Empático. Irrequieto. Cabelo louro e comprido. Meu querido anjinho.

◄◆►

Eu contei muitas histórias para Oot quando ele tinha cerca de dois anos. Uma de suas preferidas era "O lobo mau".

É a história padrão para crianças. Ela contém tudo. É o pacote completo.

É fácil recordar a experiência de contar essa história para Oot. Ele sentado em nossa cama grande, uma batatinha rosada de fralda, olhando para mim. Ele ouvia e pedia que contasse a história de novo e de novo. Isso porque, caso não saibam, as crianças *gostam* de ouvir a mesma história repetidas vezes.

Então um dia, depois de uma representação especialmente boa bufando e soprando (se me permitem a modéstia), ele olhou para mim e perguntou naquele inglês infantil meio quebrado que eu entendia perfeitamente:

– Conta 'tória do lobo *bom*?

Aquilo me atingiu como um raio. Ele amava essa história e, como já concordamos, as crianças gostam de ouvir a mesma coisa repetida e muitas vezes e de novo. Se já leram para crianças, sabem como isso pode ficar chato. Elas corrigem o leitor se ele suprime uma palavra da história que amam.

Entretanto, entendi o que ele queria me dizer. De repente, meu caçula se tornou um produtor de cinema dando dicas para meu primeiro esboço do roteiro de um filme:

– Pat. Baby. Querido. Gostei muito do que me mandou. É perfeito. Drama! Fraternidade! O bufar. O soprar. Adoro isso! Palha, depois gravetos, *depois* tijolos? Que virada! E o moral no fim da história! Suprassumo! Você opera milagres!

Depois, em minha pobre imaginação, ele faz uma pausa. Escolhe as palavras seguintes com cuidado, sem querer me ofender...

– Mas esse lobo. Ele come os porquinhos, certo? E eles são, tipo, criaturas sencientes que falam. Você não acha isso meio esculhambado? Quer dizer, eu sou uma criança e você está me contando uma história equivalente à de um assassino em série. Gosto de como o porco é inteligente no fim da história. É óbvio que ele é o esperto. Você estabeleceu isso com os tijolos. Mas enganar o lobo fazendo-o descer pela chaminé e cair num tacho de água fervendo? Você está tentando normalizar a tortura e o assassinato retributivo? Onde está o meu "e viveram felizes para sempre"? Está tentando passar a ideia de fazer justiça pelas próprias mãos a uma criança de dois anos? Quer dizer, ele é só um porquinho, não é o Batman. Tô certo?

E ele estava certo. Estava me dizendo que gostava da história, mas por que o lobo tinha que ser um calhorda? Mais exatamente, por que o lobo precisava ser um assassino canibal cujo comportamento era tão odioso que só podia ser suprimido mediante a mais horrenda armadilha mortal possível?

O que meu filho estava me pedindo, efetivamente, era uma história sem todo aquele conflito. Sem tensão e animosidade. Sem muitas das coisas que eu tinha aprendido serem *essenciais* nas histórias.

Essa não era uma ideia nova para mim. Eu já havia passado catorze anos escrevendo um romance de fantasia sem uma única luta de espada, sem um exército de goblins ou um iminente apocalipse. Eu tinha evitado apresentar um leão-deus torturado até a morte ou rapazes do campo espancando sem piedade qualquer tirano ou feiticeiro maluco. Ninguém destruiu coisa alguma em um vulcão, eliminando assim a magia para sempre e deixando todos os elfos tristes a ponto de sumirem para sempre deste mundo.

Desde sempre suspeitei que uma boa história *não precisava* fazer apostas tão extraordinárias. Escrevi *O nome do vento* tendo esse como um de meus princípios norteadores. Considerando que muita gente leu esse livro e o recomendou a amigos, temos alguns dados confiáveis provando que eu estava certo.

Mas foi ali, deitado na cama, que meu menininho de dois anos provou de modo conclusivo que *não* nascemos como pequenos monstros sanguinários, dados ao vício do azedume e da contenda.

Foi ali que fiquei convencido até a medula de meus ossos que histórias podem ser boas e gentis e, ao mesmo tempo, agradáveis. Mais delas deveriam ser assim. Gostamos do bufar e do soprar. Gostamos dos tijolos. Por que não abandonar a crença de que precisa existir um lobo mau, ou mesmo qualquer ser mau? Por que não nos presenteamos, em vez disso, com um lobo bom?

E é só neste momento, escrevendo isto, que me dou conta do que é Bast. Bast é um lobo bom.

(Não sei quanto a vocês, mas me parece que este posfácio está se desenvolvendo bastante bem até aqui. Estou animado.)

◆

Avancemos quase uma década. Criei o hábito de ler para meus filhos à noite. Toda a série de *Uma casa na pradaria*. Alguns volumes de *Nárnia*. Os livros com Willy Wonka (duas vezes). *O hobbit* (três vezes). *O último unicórnio*. *O livro do cemitério*. E outros livros, uma quantidade muito eclética de vários gêneros e de épocas diversas.

Começamos a ler um dos velhos clássicos que, todo animado, apresentei aos meninos. Embora tenham gostado bastante, não ficaram fascinados. E, para meu desencanto, também não fiquei. Surpreendeu-me também perceber como era difícil ler aquilo em voz alta. O livro tinha mais de sessenta anos e muitas das estruturas sintáticas… Digamos apenas que aquilo não fluía.

Então decidimos ler outro livro e mencionei de brincadeira que podia ler para eles um dos *meus*. Especificamente, *A música do silêncio*.

Eles ficaram *muito* animados com a ideia. Surpreendentemente animados. E eu de imediato lamentei ter mencionado aquilo. Sentia-me esquisito por algum motivo.

O mais importante: *A música do silêncio* é um livro estranho. Não me entendam mal, gosto dele. Mas é um livro em que nada acontece. É menos uma história e mais uma vinheta de trinta mil palavras. Nenhuma ação no sentido tradicional. Ou trama. Ou diálogo. Certa vez ouvi a descrição dele como "a história de uma garota triste que pega coisas e depois as devolve ao seu lugar". Apesar de não ser uma descrição lisonjeira, ela é 100% verdade.

Mas meus meninos estavam animados. Então cedi e propus um acordo. Eu leria durante dez minutos. Se não gostassem ou se eu me sentisse muito esquisito, poderíamos parar e não haveria ressentimento de nenhuma das partes.

Então deitamos na cama, e eu comecei a ler. Para minha grande surpresa, não me senti esquisito. Eu tinha feito o audiolivro um tempo antes e foi fácil, até agradável, ler em voz alta.

Além disso, os meninos ficaram *muito* envolvidos com aquilo. Tipo, eletrizados mesmo. Estavam atentos e envolvidos com essa estranha historinha de uma garota só, pensando seus pensamentos e tentando se mover com delicadeza em seu pequeno mundo subterrâneo.

Então continuei lendo, e chegamos à cena em que Auri está nadando e Foxen escorrega de seus dedos.

E Cutie, que está enfiado nas cobertas, supostamente aquecido, entorpecido e pronto para cair no sono, em vez disso se senta ereto na cama.

– Essa não! – exclama. Seu corpo está vibrando, sua voz é alta, cheia de genuína amargura. – Eles estiveram SEMPRE juntos!

Havíamos lido apenas durante vinte minutos. Ele não sabia nada sobre meu mundo ou esses personagens.

Com o passar dos anos, recebi numerosas resenhas positivas. Ganhei prêmios. Encabecei a lista de mais vendidos. Meus livros venderam mais de dez milhões de exemplares em mais de 35 línguas. Tive sessões de autógrafos com a participação de milhares de pessoas. Uma em Madri durou catorze horas. Fui convidado de honra em uma dezena de convenções. Certa vez, fui abraçado por Felicia Day *e* Neil Gaiman *no mesmo dia*.

O que estou querendo dizer é que tenho levado uma vida

intensa e plena. Com uma cota considerável de elogios e aplausos. E, embora na maioria das vezes eu me considere um fracasso profissional, por ser improdutivo, obsessivo, inconsistente e nada pontual, há muito tempo me convenci de que sou bom no ofício de lidar com as palavras. Tenho orgulho de meus textos.

Contudo, quando meu menino mais novo se sentou na cama, tão visivelmente aflito, envolvido com Auri e Foxen apesar de tê-los conhecido havia apenas dezesseis páginas... lembro-me de ter pensado "Sou bom nisso" de um modo novo, diferente.

Aquilo me fez ver *A música do silêncio* por uma perspectiva diferente. Não como um projeto secundário e avulso que algumas pessoas talvez gostassem por já serem fãs de minha obra. Mas como algo que qualquer pessoa poderia apreciar, como uma história delicada que ainda parecia importante e emocionalmente autêntica. Era algo que me dava orgulho de ter dado à luz.

Se aquilo não tivesse acontecido, não creio que me sentiria motivado a empreender a tarefa de melhorar e revisar o conto original. Certamente não teria feito dessa revisão o equivalente de trocar o papel de parede no hall só para ver o projeto aumentar feito uma bola de neve, até eu trocar todo o reboco, a fiação e o encanamento e derrubar uma parede a fim de criar espaço para uma cozinha gourmet.

Agora que terminei, sinto-me muito feliz por ter feito isso. Rike e Bast mereciam coisa melhor, e agora eles têm.

Terceira parte:
uma carta aberta aos meus filhos

Olá, meus queridos meninos.

Acabei, agorinha mesmo, de ler para vocês o posfácio, a fim

de me certificar de que se sentiam confortáveis com tudo o que escrevi nele. De que concordam com o fato de eu compartilhar essas coisas com o mundo. Como já comentamos muitas vezes, o consentimento é importante.

Escrevi esta história muito tempo atrás. Oot, você era muito pequeno. Cutie, você era principalmente conceitual. Isso significa que as crianças deste livro foram criadas bem antes de eu ter experiência com filhos. Mais importante, eu ainda não conhecia as versões de vocês mais velhos.

Isso significa algumas coisas.

Primeiro, nenhuma delas se baseia em vocês ou em coisas que fizeram ou disseram. Digo isso porque sei que algumas pessoas ficarão tentadas a estabelecer paralelos, ou se indagarem sobre o que saiu de onde. É da natureza humana. Nós queremos desvendar as coisas e entender a origem delas. Vocês talvez fiquem tentados a fazer isso no futuro, perguntando-se se algum comentário sobre vocês ou seu comportamento está contemplado neste livro. Não está. Não esquentem a cabeça procurando isso.

Segundo, quero dizer que me sinto bastante orgulhoso do bom trabalho que fiz com essas crianças, considerando minha falta de experiência. Elas acabaram se tornando muito boas, na minha opinião. Pelo que parece, tenho o dom de criar. Quem diria?

Sexto e último, obrigado a vocês por me ajudarem a escrever este livro, mesmo não sabendo que estavam fazendo isso. Obrigado por me deixarem ler para vocês a história toda em voz alta, enquanto fazia a revisão. Foi um prazer tão grande compartilhar isso com vocês! Suas reações me ajudaram a refinar algumas passagens e me certificaram de que, embora a história contenha muitas coisas ocultas, nenhum dos elementos essenciais foram enterrados fundo demais.

Terceiro, obrigado por vocês terem paciência comigo hoje. Esses dias de verão juntos são indescritivelmente preciosos. O clima estava ótimo, nossa horta madura, tínhamos planos para um jogo de tabuleiro. Eu esperava terminar este posfácio em mais ou menos duas horas… em vez disso, levei mais de sete. Vocês nunca se queixaram ou foram menos que amáveis e compreensivos. Até mesmo agora escuto vocês no andar de baixo, pondo a mesa para o jantar, conversando e cantando.

Concluindo, quero que saibam disto: por mais orgulhoso que me sinta das crianças criadas para esta história, elas não chegam aos pés de vocês. Vocês são muito mais malucos, maliciosos e sabidos. Mais geniais e gentis. São impressionantes a tal ponto que, se eu contasse ao mundo tudo o que há para contar, as pessoas não acreditariam que é verdade. Isso porque vocês são fantásticos em todos os sentidos da palavra.

Vocês que estão lendo isto e não são meus filhos? Eu gosto de vocês também. Obrigado pela bondade e consideração. Obrigado pela paciência. Obrigado.

Todos que estão lendo isto, especialmente meus filhos, espero que saibam esta verdade: vocês são impressionantes. Vocês são fantásticos.

Vocês são bonitos, bravos e repletos de amor.

Vocês são tão belos quanto a lua.

– Pat Rothfuss
Julho de 2023

P.S.: Se estiverem curiosos sobre as notas que não usei, vou postar algumas em meu blog: blog.patrickrothfuss.com.

Boa parte do que escrevi certamente vai acabar na pilha das maçãs para sidra, mas eu detestaria perder as partes boas. Como a história de como a árvore do raio surgiu e acabou se tornando este livro. Algumas das anedotas sobre títulos, revisões ou contos de fadas também estão lá. Há também uma estranha conversa sobre Robert Frost, spoilers e a finalidade da arte, que talvez mereçam ser preservados.

O melhor de tudo: tem uma conversa com Nate Taylor, e eu conto histórias e falo como criamos arte juntos (spoiler: Nate cria a arte e eu só atrapalho). Também exibimos alguns esboços para que possam ver até que ponto as coisas mudam, e aproveitamos a oportunidade para revelar algumas ilustrações que amamos, mas tivemos que excluir da versão final do livro.

CONHEÇA OS LIVROS DE PATRICK ROTHFUSS

A Crônica do Matador do Rei

O nome do vento (livro 1)
O temor do sábio (livro 2)

A música do silêncio
O estreito caminho entre desejos

Para saber mais sobre os títulos e autores da Editora Arqueiro,
visite o nosso site e siga as nossas redes sociais.
Além de informações sobre os próximos lançamentos,
você terá acesso a conteúdos exclusivos
e poderá participar de promoções e sorteios.

editoraarqueiro.com.br

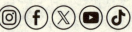